dtv

Er war nur Zaungast und Tourist. Das aber war wohl die beste Voraussetzung für seine Vernarrtheit in die DDR. Aufgewachsen in Wittingen, Landkreis Gifhorn in der Lüneburger Heide, nur drei Kilometer vom »Todesstreifen«, lebte Hans Pleschinski, Jahrgang 1956, auf Tuchfühlung mit dem Ersten Arbeiter- und Bauernstaat auf deutschem Boden … »Mit kenntnisreicher Sensibilität und kritischer Sympathie beschreibt Hans Pleschinski das deutsch-deutsche Nebeneinander. Das gerät ihm mal zur leichthändigen historischen Miniatur, mal zur gerade im winzigen Detail so eindrücklichen Soziographie, festhaltend, was es in den 60er Jahren bedeutete, wenn das westdeutsche Ferienkind Hans beim Verwandtenbesuch in Ostberlin arglos aus dem Fenster den Cousinen zurief: ›Kommt hoch, Tante Elisabeth will noch vor der Tagesschau essen!‹ […] Ein Buch, das man immer wieder lesen wird, um zu wissen, wie es sich gelebt hat in einem geteilten Land.« (Barbara von Becker in der ›Woche‹)

Hans Pleschinski, geboren 1956 in Celle, studierte Germanistik, Romanistik und Theaterwissenschaften in München. Er arbeitete für Galerien, Oper und Film. Seit 1985 ist er Mitarbeiter beim Bayerischen Rundfunk in München, wo er lebt und als freier Autor, Übersetzer und Herausgeber tätig ist. Seit 1986 erhielt er zahlreiche Auszeichnungen, darunter 2006 den Hannelore-Greve-Literaturpreis und 2008 den Nicolas-Born-Preis. 2011 wird er mit dem Ernst-Hoferichter-Preis ausgezeichnet. Seine Hauptwerke erscheinen im Taschenbuch bei dtv.

New Mexico, im Südwesten der USA, ist halb so groß wie Frankreich und hat ungefähr so viele Einwohner wie Rom. Der Abendhimmel über New Mexico kann wunderbar sein. Zwischen einer Gipswüste im Süden, Ski-Gebieten im Norden, im Land des Rio Grande, färbt sich der Himmel zwischen Tag und Nacht oft dunkelviolett.

Nach einem Aufenthalt an der amerikanischen Ost- und Westküste traf ich Ende der 80er Jahre, zusammen mit anderen Stipendiaten einer transatlantischen Stiftung, des German Marshall Fund of the United States, in Albuquerque ein. Albuquerque, getauft nach einem spanischen Granden des 16. Jahrhunderts, ist die Schaltstelle des Bundesstaates, dessen Ureinwohner die Navaho-Indianer sind. Wir sollten deren Reservate kennenlernen, den Betrieb der University of New-Mexico, dann auch die Star-Light-Opera von Santa Fé. Diese Freiluftbühne wurde 1956 von dem Millionärssohn und Musikenthusiasten John O'Hea Crosby ins Leben gerufen. Crosby machte den akustisch besten Bauplatz ausfindig, indem er bei einem Ritt in die Luft schoß. Der Bühnenhintergrund der Star-Light-Opera ist die wüste Bergwelt. Endlos, menschenleer.

Doch schon Albuquerque wartete mit amerikanischen Dingen und Momenten auf. Inmitten einer unübersehbar weitläufigen, von Straßen quadratisch unterteilten Stadt für dreihunderttausend Menschen aller Rassen liegt ein Geviert einstöckiger Lehmhäuser. Hier führt eine gebürtige Nürnbergerin eine gutgehende *Bodega,* in der es *Rostbratwurstl, German Schweinsbraten* und, laut Karte, *All Brands of Beer of the World* gibt.

„Bleiben Sie doch gleich here. Here ist es gut. Sonne, landscape, nice neighbourhood. Was wollen Sie in Europe?

Schmutziges Europe. Machen Sie eine Bäckerei auf, mit frischem Brot. Das haben sie here nicht. Ein paar Jahre and you will be rich. Die Papiere haben Sie nächste Woche …" sagte die ausgewanderte Fränkin, und zuweilen – vielleicht besonders zu Füßen der Ausläufer der Rocky Mountains – überlegt man sich ja, ob man nicht ganz woanders ein ganz anderes Leben anfangen sollte.

Um den Dramatiker Sam Shepard zu treffen, fuhr ich mit Silvia Puente, einer Mit-Stipendiatin und Journalistin aus Madrid, von Albuquerque in Richtung Los Alamos und in ein anderes Las Vegas – *Die Auen* – als das in Nevada.

Im gemieteten Buick fuhren wir bald an *Low-Riders* vorbei. Das sind recht gefährliche, ungebundene Leute. Sie bauen eine Hydraulik in ihre Wagen ein, mit der sie das Chassis hochfahren oder es hinten so tief herunterlassen können, daß Kofferraum und Stoßstange funkenstiebend über den Asphalt schleifen. *Low-Riders*, diese Auto-Sportler, treten in Kolonnen auf und gelten als Messerstecher, wenn man ihnen dumm kommt.

Wir passierten diese Wildwestler, die Sonne schien, und Silvia und ich bemerkten das für uns Neuartige. Hinter der weiten Ebene von Albuquerque schlängelte sich der Freeway hinauf in bergiges Land. Ausgetrocknete Flußläufe taten sich auf. Der Blick prallte auf hohe, rote Sandsteinwände. Schluchten gaben ihn wieder frei auf Täler, grün und bewaldet, bis zum Horizont. Weite Kurve um weite Kurve, Perspektive um Perspektive – es blieb so: Es gab nichts mehr von Menschenhand: keinen Telegraphenmast, keinen Mast einer Hochspannungsleitung, keinen Schornstein, Kirchtürme und Ortschaften ohnehin nicht. Jagdgründe. Die Jagdgründe Manitous – New Mexico von heute.

Der Ort war magisch, er hatte jedenfalls seine Magie, und wir machten dort – nach zwei Stunden der Fahrt – halt. *Best Hamburgers of the World* hatte neben der Straße plötzlich ein Schild verkündet. Es tauchte ein helles Häuschen auf, ein Drugstore unterhalb eines roten Steilhangs. Nicht aus Hunger, sondern aus Lust an der freien Einsiedelei im Ir-

gendwo kauften wir bei einem eingewanderten Mexikaner einen Hamburger und gingen mit zwei anderen Kunden wieder aus dem Gemischtwaren-Verschlag hinaus. Die beiden bärtigen Männer hatten säckeweise Lebensmittel eingekauft und luden sie auf ihren Ford-Transporter. Während wir im Sonnenlicht die kühn angepriesenen Hacksemmeln aßen, dies Amerika, dies Nichts und diese Offenheit liebten, erzählten uns die Männer:
„Wir kommen alle paar Monate einkaufen. Wir wohnen am Conchas Canyon, draußen."
„Was tun Sie da?"
„We live there."
„Ja, und was machen Sie?"
„Some hunting." – Ein bißchen Jagd.
Das war's.
Die Männer stiegen in ihren Truck, fuhren davon, und es war anzunehmen, daß kaum irgendwer wußte, daß dieses Paar Menschen überhaupt auf der Welt war, das in den Wüstenbergen sich ein Haus gebaut haben mußte, in dem es eine Kaffeemaschine gab oder auch nicht, in dem sie womöglich eine Woche so gut wie kein Wort wechselten. Der Truck ließ eine Staubwolke zurück. Zwischen Steilwand und Drugstore und einem Felsabsturz auf der anderen Straßenseite, unter der Mittagssonne bei Santa Fé, nahe bei Waldgebieten, in denen man sich die Pest durch Tierbiß holen kann – als in einer der letzten Regionen der Welt –, gingen Silvia und ich auf unseren cremefarbenen Buick zu.
„Liberty!" rief die Kastillianerin lachend aus und schwenkte die Hand mit dem Hamburger-Rest durch die Luft.
Ich hielt inne.
„Andiamos", rief die mitnichten schöne, doch vielleicht nur umso sympathischere Madriderin mir zu: „Let's go to Santa Fé."
Sie schaute mich an.
Ich blieb stehen.
Ich verschluckte mich.
Vor einem Drugstore am Freeway zwischen Albuquerque

und Los Alamos brach ich in ein Lachen aus, das im Sandstein widerhallte. Silvia starrte mich an.
„Wie kann es …" lachte ich wohl so schamlos wie nie, „wie kann es …"
„What?" konnte die Spanierin natürlich nicht begreifen.
„Mir ist Halle-Neustadt eingefallen, die Saale!"
„What?"
„The East-German town of Halle-Neustadt an der Saale! … Hier fahren zwei bärtige Kerle ab in die Berge! … Hier kannst du, wenn du magst, mit einer Bäckerei zum Krösus werden. Hier kannst du ebenso ungehemmt in die kapitalistische Gosse absacken … Wie kann es aber auf dieser Welt etwas so Trostloses, einen solch furchtbaren zwischenmenschlichen Mist, eine solche Quälerei des Daseins, eine solche Verschränkung aus SED-Kampf um Weltniveau, frustrierten Gesichtern und Zuchthaus geben wie Halle-Neustadt!"
Mein versickerndes Lachen war satanisch amerikanifiziert: „Halle-Neustadt liegt bei Bitterfeld und wird von den Leuna-Werken aus vergiftet. Jeder Slum hier ist lustiger als der Pionierklub dort. Wenn du von hier nach Halle-Neustadt versetzt würdest, du stürbest. Da darf man nichts. Da singt man auf dem Jugendfestival: *Wie die Komsomolzen hauen wir auf den Bolzen.* Da gehst du im Nieselregen zur HO-Kneipe und besäufst dich. Es ist ein Abgrund der Neuzeit. – Aber natürlich, es hat was, East Germany! Denn es ist ja auch mindestens größer als die Schweiz."
Mein befreiendes Lachen, mit dem ich die Vision abgeschüttelt hatte, ein ganzes Leben mit den Verlautbarungen des *Zentralkomitees* der SED, den parteiischen Nachrichten der *Aktuellen Kamera* und den *Trimm-Dich*-Übungen für ein deutsches Staatsvolk konfrontiert zu sein – statt auch einmal durch New Mexico zu kutschieren – legte sich.
Silvia hatte den Wagen aufgeschlossen: „You tell me later."
„I will. – Ost-Deutschland ist schließlich ein Teil meiner Seele."

Mit Gedanken an, zufälligerweise, Halle-Neustadt, an die gerade einsetzende Rüben- und Kartoffel-*Ernteschlacht* östlich der Elbe, setzte ich mich ans Steuer, und noch vor dem Besuch beim amerikanischen Dramatiker besichtigten wir in Santa Fé das älteste Haus der Vereinigten Staaten. Laut Hinweistafel vor Ort wurde es 1249 von den Spaniern erbaut, die ansonsten aber wohl erst 1492 kamen.

Ich war niemals ein Bürger der Deutschen Demokratischen Republik. Doch lebte ich immer in Tuchfühlung mit dem *Ersten Arbeiter- und Bauernstaat auf deutschem Boden.*
Die DDR und das Gebiet, das sie umschloß, haben immer konkrete oder ungenaue Reizungen auf mich ausgeübt.
Sicherlich gibt es einen vorrangigen Gewinn, den mir die Berührungen mit der nun aufgelösten Republik eingetragen haben. Unschwer ließ sich aus den meisten Erfahrungen mit dem östlichen deutschen Staat die Erkenntnis ableiten: Das höchste Gut ist die Freiheit. – Die Erkenntnis wird nur manchmal von der Erkenntnis in den Schatten gestellt, daß Gesundheit das noch höhere Gut sei. Aber wer weiß?
Die DDR wirkte vorwiegend tragisch.
Die Ruinen von Dresden schrien mit längerem und schmerzlicherem Atem gen Himmel als die von Hannover.
Mir, dem späten Westgemüt, vermittelte die DDR den Eindruck, wesentlich tragischer als Westdeutschland die Folgen des deutschen Krieges gegen die Welt austragen zu müssen. Das vormalige Mitteldeutschland war nach zwölfjähriger Nazi-Diktatur ohne Pause in die nächste Diktatur hineingeraten.
Glückhaft gerieten Main und Weser in die pluralistische Aura der Demokratien. Von weniger Glück bedacht, gerieten die Städte und Landschaften zwischen der Tschechoslowakei und der Ostsee unter die Fuchtel des steten Kampfes um die *Weltrevolution.* Während Gelder des *Marshall-Plans* nach Westdeutschland flossen, wurde in der sowjetischen Zone ersatzlos demontiert. Während man im Westen

das Strammstehen für eine Ideologie langsam und nicht immer freiwillig zu verlernen begann, mußten Menschen auf den Plätzen im Osten noch einmal für ein totales, politisches Programm marschieren. Nun nicht mehr für den Sieg der germanischen Herrenrasse, vielmehr, gleich darauf, für das theoretisch in etwa Entgegengesetzte: für den Sieg einer brüderlichen, friedliebenden, gleichmäßig begüterten Menschheit, den Sieg über Kriegstreiber, über Besitzer von Geld- und Machtquellen, über Nationalisten, über – insgesamt – die Verderber des Glücks, des Wohlergehens und des globalen *Fortschritts.* Gegen solche sozialistisch-idealistischen Absichten – von Moskau aus kanalisiert – nahm sich die geistige Grundlage der Bundesrepublik eher dürftig aus: Die neue Bonner Republik garantierte Vorkriegsbesitzstände, war unprogrammatisch auf Aufbau, dann Häufung von Wohlstand aus, ließ kurzatmige Partei-Beschlüsse nebeneinanderherlaufen, berief sich auf *Freiheit* ohne sonderliche Inhaltsvorgabe. Daß dies theoretisch Vage, Schwache – nein, nur schwächlich anmutende – am Ende machtvoller wirkte, scheint vorderhand merkwürdig zu sein. Bilder sind ungenau, aber eines bietet sich an: Die DDR wollte nach Vorstellung ihrer Obrigkeit und jener Menschen, die zu ihr standen, eine Gußform der Beglückung sein; Westdeutschland war vergleichsweise ein Schwamm, eine Wolke, die sich ausbreitete.

Die DDR war tragisch.

Es war fatal, daß niemals eine freie Wahl dieses Staatswesen bestätigte. Die DDR lebte als gewaltige Verordnung, nämlich sich fortschrittlich, glücklich und kampfbereit zu fühlen. Sie ließ keinen sich selbst regulierenden Alltag zu und erstickte daran.

Angestrebt wurde bekanntlich *die Diktatur des Proletariats.* Möglicherweise wurde nie eine unglücklichere Formulierung für eine Utopie gefunden. Die minimalste fremde Herrschaft über das eigene Leben ist unangenehm genug und zu reduzieren. Wie soll da ausgerechnet eine *Diktatur* begeistern? Und dann, rund um die vielfältige Welt, in London, Los Angeles, die des Proletariats ... das sich zunehmend in die Welt der Arbeitnehmer, Angestellten und *Mitbürger* aufgelöst hat? – Die Diktatur der Pompadour über Frankreich, durch das Bett Ludwigs XV. hindurch, wirkt im nachhinein angenehmer und fruchtbarer.

Ein anderes tragisches Moment kam im Laufe der Zeit dazu. Polen, Ungarn oder die Tschechoslowakei waren durch die Siege der Roten Armee gleichfalls in die kommunistische *Bruderwelt* eingebunden: komplette Nationen, die in das östliche Netz des Nachkriegs-Europa gegangen waren. Quasi im Familienverbund der Nation erlebten Polen, Ungarn und Tschechoslowaken vierzig Jahre Fatum. Die DDR lebte ohne diesen Trost; sie war, wie Westdeutschland, nur eine Hälfte eines Landes. Theoretisch war sie die beglücktere Hälfte, doch schließlich wurde sogar die Mauer errichtet, daß man nicht in die de facto glückhaftere Hälfte entfloh. Die DDR umschloß bedeutsame Orte und Landschaften Mitteleuropas. Als Elfjähriger erlebte ich auf meine Weise Sachsen, werde davon geprägt bleiben.

Die DDR hatte etwas unfreiwillig Groteskes. Je mehr ich im Laufe der Jahre vom Leben kennenlernte, desto grotesker muteten die Signale aus dem Staat mit den klaren, offiziellen Rezepten für das Glück der Menschheit an. Als ich achtzehnjährig mit einer Billigfahrkarte übernächtigt aus Paris in die Lüneburger Heide zurückkam, um sofort zum morgendlichen Zivildienst in einem Altersheim anzutreten, Betten zu machen, Rollstühle zurechtzurücken, erschien mir nichts komischer und abgeschmackter als, abends, die DDR-Sendung *Der Schwarze Kanal*, in der ein dicker, häßlicher, bequem sitzender Mann – Karl Eduard von Schnitzler – mir Gelegenheitszuschauer erklärte, daß allein die Nationale Volksarmee das Wirkungsfeld erfüllter deutscher junger Männer sei. Karl Eduard von Schnitzler prophezeite jedes Jahr den Kollaps des Kapitalismus auch in Paris, an der Seine; ich war gerade dort gewesen und hatte ihn genossen. Die DDR war grotesk: Leistung war stets wichtiger als Muße. Exotisch wirkte die DDR immer auf mich. Sie war in allem das Fremdere als etwa Hessen. Sie hatte ihre Rituale und Wirklichkeiten, die es in Deutschland an keinem Platz sonst gab. Sie war das reinere, das ältere deutsche Grau. Die Kopfsteinpflaster-Chausseen in der Altmark, im Vogtland, das Rumpelnde der Republik vermittelten mir den Eindruck von einem betagten Deutschland, knorriger, dümpelnder, ab zehn Uhr abends stiller als der flugschneisenhafte Westen.

Die DDR war und ist bedenkenswert. Über die innerdeutsche Grenze hinweg erinnerte sie, allein durch ihre Existenz, an radikale Sozialreformer, an Marx, an Rosa Luxemburg, die einen unbeschränkten Kapitalismus sinnvoll in Frage stellten. Kommunistische Ideale mochten sich im Westen, also in Hörweite, als sozialer Fortschritt zeigen, das *Survival-of-the-Fittest* dämpfen. Vielleicht gab die DDR mit ihren klassenlosen Krankenhäusern, mit der Idee vom *Volkseigentum,* ihren Reden von Frieden und *Anti-Faschismus,* mit ihrem beständigen Lob der *Werktätigen* hin und wieder etwas vor, worauf man im dicht benachbarten Westen schlecht mit gesellschaftlich abgestufter Krankenbehandlung, völliger Verschonung der Nazis, Unterdrückung der Arbeiterschaft reagieren konnte.

Die Bundesrepublik war und bleibt immer verbesserungswürdig. Die DDR sank, summa summarum, zu einem Horror-Gebilde herab. Vielleicht kam ihr moralisches Ende mit der Eröffnung des ersten *Intershops.* Wo nur Besitzer von Westgeld begehrte Westwaren kaufen konnten, war nicht mehr daran zu glauben, daß man als Ostdeutscher mit Ostgeld der glücklichere Mensch sei.

Die DDR bedeutete immer allerlei ... für mich. Ja, bisweilen war ich – woraus ich selbst nichts Systematisches wringen muß – durch sie mit einer Art *Ostsucht* infiziert.

Man lebt die ersten fünf, sechs Jahre seines Lebens und weiß gar nicht, welcher Nationalität man ist. Das bleibt dann aber meistens nicht so.

Frankreich offenbarte sich mir zuerst in einem hellblauen,

fast lindgrünen Peugeot, der sich Anfang der 60er Jahre nach Ost-Niedersachsen verirrt haben mußte. Sein Auspuff unter dem schwarzen Nummernschild wackelte etwas. Lange vermeinte ich, daß in einem fernen Frankreich hell gekleidete Menschen in vornehmlich bonbonfarbenen Limousinen sich sanft, von einigen technischen Defekten umgeben, von einem wunderbaren französischen Ort zu einem anderen wunderbaren französischen Ort begäben. In einer hellblauen, fast lindgrünen Welt.
Ganz anders tat sich mir die Schweiz in ihrer Existenz kund. Es war Vico Torriani, der im frühen Schwarzweiß-Fernsehen, in seiner Show *Hotel Victoria,* Nudel-schwingend in einem Lied ein Kochrezept offerierte und singend zwischen Italienisch, Schwyzerdütsch und Französisch jonglierte. Von der Schweiz blieb der Eindruck eines kulinarischen Internationalismus irgendwo beim Gardasee.
Deutschland kam als schwarzer Hund auf mich zu: Er schnappte – merkwürdigerweise – nach einem Stück Koks. Der schwarze Hundekopf, auf rotem Blech, tauchte immer wieder an den Straßenrändern auf. Ich weiß nicht, in welchem Moment ich hörte, daß diese Schilder keine finstere Werbung für Hundefutter waren. Der dargestellte Tierkopf mit aufgerissenem Maul meinte West- und Ostdeutschland mit dem polnischen Pommern und Schlesien, und wonach dies schwarze Abbild, rein geographisch, schnappte, war Ostpreußen. Unter diesem Umriß Deutschlands in den Grenzen von 1937 standen die beiden Wörter: DREIGETEILT – NIEMALS. Vor 1960 war diese Mahngraphik, die neben Straßengräben stand, von einer westdeutschen Bundesbehörde, vielleicht vom *Kuratorium Unteilbares Deutschland,* in Auftrag gegeben worden.
Ich weiß von keiner nennenswerten Reaktion, die der nach Ostpreußen schnappende Hund ausgelöst hätte. Zuerst im Volkswagen, dann in einem weißen Ford mit Badewannen-Zuschnitt fuhr mein Vater ohne Drang, uns Oppeln zurückzuerobern, an dem Jammer-Fanal vorbei, von dem ich hörte, daß es Deutschland sei. Dabei hätte zum Beispiel mein Vater

den geopolitischen Verlust seiner Kindheitsheimat aggressiv bedauern können. Er war östlich der Oder geboren und dort aufgewachsen, war 1940 mit neunzehn Jahren in den Krieg abbeordert worden, war ausschließlich Soldat an der Ostfront gewesen. 1945 hatte er so gehorsam wie vergebens und zufällig noch die Villa von Heinrich George in einem Berliner Vorort gegen die Rote Armee verteidigt. In jenen Apriltagen hatte er sich schließlich, um der russischen Gefangenschaft zu entkommen, nach Westen durchgeschlagen und war, wie viele, unter Lebensgefahr durch die Elbströmungen geschwommen. In der vor Englands Panzern kapitulierenden Lüneburger Heide war er als Vorkriegs-Schmiedegeselle hängengeblieben, hatte bald eingeheiratet.
„Willst du nicht nach Liebenau zurück?" fragte ich später, ein paar Mal.
„Dort ist keiner mehr von früher. Es ist polnisch."
„Und die großen Seen, die ihr dort hattet?"
„Da haben wir gespielt. Es sind wunderbare Seen."
Gute Worte über Hitler habe ich nie gehört. Dem schwachen Hinweis: „Er hat die Autobahnen gebaut" stand zumeist die resignierte Feststellung gegenüber: „Uns wurde die Jugend geraubt."

Ich wuchs im größten und am dünnsten besiedelten Landkreis der Bundesrepublik auf. Für jeden Fremden stellt sich der Landkreis Gifhorn, eine östliche Verwaltungseinheit im Regierungsbezirk Lüneburg, wahrscheinlich als ein landschaftliches Gähnen dar. Doch da keine erhebliche Verkehrsader durch dies hannöversche Flachland führt, gelangte nie viel Auswärtiges dorthin. Die höchste Erdwelle, in einem Kiefernforst, mag gut achtzig Meter über Normalnull messen. Der Landkreis war in der mir vertrauten Form 1937 geschmiedet worden. Die Dörfer um die Ackerbürgerstadt Gifhorn, wo ein Welfenschlößchen nie eine höfische Ausstrahlung zuwege brachte, war 1937 mit meiner noch engeren Heimat vereinigt worden, mit dem Landkreis Isenhagen. Und dieser schien in der Tat schon immer zur Eingliederung in etwas Größeres verdammt gewesen zu sein. Im Vergleich zum südlicheren, fernen Gifhorn besaß das nördliche Isenhagen nämlich nur eine einzige Straße. Bei noch nicht einmal einhundertfünfzig Einwohnern dieser alten Kreis*stadt* reihten sich dort unter hohen Eichen ein paar Gehöfte, ein Amtsgericht und ein Kloster. Diese Ansammlung von Dächern war nicht nur die winzigste Sub-Zentrale im Königreich Hannover gewesen, sondern auch im gesamten Preußen, das sich 1866 das Königreich der Welfen einverleibt hatte. Wahrscheinlich wegen des Zisterzienserklosters, noch heutigentags von protestantischen Stiftsdamen bewohnt, war Isenhagen dazumal zu einem Verwaltungssitz für Bauern, Imker und eine Handvoll Dorfschullehrer erhoben worden. Und zumindest das Kloster Isenhagen hat seine Reize! In seinem Backsteingeviert, bei der tausendjährigen Gerichtslinde, steht das älteste Möbelstück Deutschlands, der Stuhl der Markgräfin Agnes von Meißen aus dem 13. Jahrhundert. Im Kloster kann man mittelalterliche Stickereien mit Ise-Perlen bewundern, seltenen, winzigen, einst kostbaren Süßwasser-Perlen, mit denen die Meßgewänder der Bischöfe von Halberstadt und Hildesheim verziert worden waren. Im Innenhof des Kreuzgangs erhebt sich ein makabrer Hügel: die Anhäufung von Knochen niedersächsischer Nonnen aus acht Jahrhunderten. Die Decke des Kreuzgangs selbst wurde nie vollendet und ist seit 1450 provisorisch mit Eichenbohlen abgedeckt; zu jener Zeit rottete die Pest die Zisterziensergemeinschaft aus.

Dörfer mit der Namensendung -büttel: Vollbüttel, Allesbüttel, Hankensbüttel, auch Ausbüttel und Wunderbüttel beherrschen die Topographie der Gegend aus Weideland, Rübenäckern, Wacholderhainen und Mooren, die wegen ihrer Fauna und Flora erstmals zu kleinen Attraktionen geworden sind. Die verstreuten Moore: Weißes Moor, Großes Moor, Bösebruch und Hestenmoor waren wegen ihrer Früh-, Nachmittags- und Abendnebel für mich immer still dramatisch, oder auch normal dramatisch, als ich nach einem Sprung über einen Bach bis zur Hüfte wegsank.

Warum nicht noch ein Wort zum Kreis Gifhorn, nachdem zum Beispiel über Neapel immer schon viel mehr gesagt wurde! – Wolfsburg und Braunschweig befinden sich im Süden, der Kreis Uelzen liegt nördlich des Gifhornisch-Isenhagenschen, der im Westen vom Landkreis Celle und im Osten von Sachsen-Anhalt umfaßt wird. Die gewisse Naturschönheit basiert auf unendlich viel Himmel und auf der durch wenige Ortschaften akzentuierten Weite. Es gibt Autostrecken, auf denen man zehn bis zwölf Kilometer lang das Gefühl haben kann, durch Kanada zu fahren. Der öffentliche Nahverkehr wird zum Teil von der *Osthannoverschen Eisenbahn,* der OHE, oder Oma Hat's Eilig, bewältigt. In meiner Schulzeit setzte dies Unternehmen zuweilen noch seine Salonwagen aus dem Jahre 1904 ein. Als einmal während der Fahrt von der Schule nach Hause der hinterste rote Waggon in Brand geriet und lodernd dahinfuhr, konnten wir Fahrschüler über die Trittbretter bequem nach vorne gelangen und bei den Oberstüflern einsteigen. Es versteht sich, daß das Fernsehen nur einmal und nur wegen dieses Verkehrsbetriebs in das Zonenrandgebiet kam. Auf unserem alltäglichen Bahnhof, doch sozusagen auch im authentischen Ambiente, wurde eine Szene aus Fontanes *Irrungen und Wirrungen* gedreht.

Außer den napoleonischen Truppen waren nur die Schweden durch den Landstrich – gen Süden und bis nach München – gezogen. Im Gegensatz zu den Franzosen mit der Trikolore hinterließen die sengenden und brandschatzenden Glaubensbrüder aus Nordland nur eine Legende: Ein Hauptmann mit Federbusch und Stulpenstiefeln wollte zu Pferd dreimal um die Kirche meines Heimatorts Wittingen sprengen, und falls beim dritten Umreiten des Trutz Gotteshauses kein Eisen von seinem Pferdehuf abspränge, sollte das kontributionsunwillige Städtchen niedergebrannt werden. Beim dritten Galoppritt sprang ein schwedisches Eisen ab, und ein Hufeisen ist auch heute noch an die Kirchentür genagelt. So brannte der Ort erst 150 Jahre später, dann aber aus ungeklärten Gründen gänzlich nieder. Wie auch immer

– der Ort zählt so viele Geschichten, wie es Menschen dort gab und gibt und so viele Perspektiven, wie das Auge um sich herum wahrnehmen kann.
Zu den Vorzügen eines angenehm verwässerten Protestantismus gehört zweifelsohne ein unausgesprochenes Laissez faire, das man den Seelen zugesteht. Kein Priester wacht über Tugenden und Kardinalsünden, und jedermann hat, Luther folgend, selbst zuzusehen, wie er mit Gott, der Mitwelt und sich selbst ins reine kommt. Diese plattdeutsche Geisteshaltung erzeugt wenig Euphorie, doch fand ich es immer überraschend richtig, wenn es nach irgendeinem Freitod, nach dem Fund eines Bauern, der sich in seiner Scheune aufgehängt hatte, hieß: „Er muß gewußt haben, warum." Man darf natürlich hinzufügen, daß nicht nur Selbstmorde durch das freie Gewissen des anderen gerechtfertigt wurden; auch der Größenwahn einer entfernten Großtante, sich im Hannover um 1900 stets lange Glacé-Handschuhe zu kaufen, alle verheirateten Handwerksmeister abends zum Stelldichein ins Haus zu locken – diese dezente Sündigkeit des Nordens –, die private Tollheit des lauten Singens bei einsamen Spaziergängen durch Wald und Flur, das heitere Testen von Marihuana und LSD durch die behütete Ortsjugend in den 70er Jahren schienen durch die Luthersche Proklamation von Seelenfreiheit abgesichert. Kein bayerischer Kardinal konnte da mit Vatikanbeschlüssen in die privaten Haushalte pfuschen; kein evangelischer Landesbischof oder protestantischer Landesvater in Hannover maßte sich an, den rechten Gang der persönlichen Entwicklung zu verordnen. Noch immer kommt mir München in mancher Hinsicht kleinstädtischer, provinzieller vor als mein winziger Heimatort Wittingen, wo es keine *Polizeistunde* gab, wo ein Gasthaus-Gast eben so lange saß, wie er sitzen wollte, oder so lange, wie der Gastwirt sich auf den Beinen hielt.
Das einzige Poem über meinen Heimatort, einst drei Kilometer entfernt von der Grenze zwischen dem Westen und der östlichen Welt, verfaßte ich in Schulzeiten:

Dunkle Gegend reißt aus sich
Bizarrer Äste Silhouetten,
Und kaltes Naß – Dezemberdämmerung –
Fährt Pappeln ins Gerippe.
Ein Hollandhimmel gegen fünf,
Wo Fetzenwolken sich zerbeißen,
Und Westwind sie, zu anderer Nacht,
Zur Elbe in den Osten treibt,
Wo Minenfeld sich, tötend,
Vor alle Weihnacht legt:
– Der 25. Dezember.
Der kleine Ort am Westweltsaum
Hat kümmerliche Lampen nur,
Die in den braunen Ackerschlamm
Ein wenig von der Technik leuchten,
Doch Regen zieht die Schleier zu,
Versinkt ins flache Land,
So spurenlos, als sei nur eins: Gedanke.

Ohne mit Absicht nachzuschönen, kann ich sagen, daß ich hier in der 5000-Seelen-Gemeinde Wittingen – am *Westweltsaum* der Nato, der Bewegungen des Westens – eine glückliche Kindheit und beste frühe Jugend zubrachte. Drei parallele Straßenzüge führen um eine nicht unbedeutende Wehrkirche, in der sich um das Jahr 1000 die frühe Bürgerschaft gegen Überfälle der heidnischen Wenden, einen Slavenstamm aus den Elbeniederungen, verteidigte. Das welfische Stadtrecht wurde dem Durchgangsflecken an der ost-westlichen Salzstraße mutmaßlich um 1250 verliehen. Doch so klein der Ort geblieben ist, besitzt er dennoch Zivilisationszeugnisse, die mir zum Beispiel München, gegründet im Jahr 1179, als eine neuere Stadt erscheinen ließen: Unter dem Backsteinturm von Sankt Stephanus in Wittingen ruht in einer Ecke ein Taufstein, ein rötlicher Findling mit einer eingehauenen Mulde, in der sich vor Zeiten zwar das Blut von Menschenopfern gesammelt hatte, über der aber schon, an eben dieser Stelle, ab dem 9. Jahrhundert Germanen das erste Sakrament empfingen. Einst war die klotzige Heide-Kirche eine dreischiffige Basilika, die als Archidiakonatssitz dem Bistum Halberstadt unterstand; noch vor der Gotik verschwanden die Seitenschiffe des Bauwerks an der Grenze zum Slawenland, und nur noch Ziegelbögen in den Außenmauern erinnern an das einst monumentale Gottesschiff. Um Kirche und Brauerei herum war die Zahl der Einwohner bis 1945 in tausend Jahren auf dreitausend angewachsen. Durch Flüchtlinge, Zuwanderer aus dem abhanden gekommenen Osten verdoppelte sie sich vor 1950 fast. Von sieben Schmieden, die nach Absprache jeweils bestimmte Dörfer der Umgebung mit Pflugscharen, Hufbeschlag und Eisenreifen für Erntewagen versorgten, blieb nach dem Krieg nur eine bestehen, die Werkstatt meiner Familie, mit zwei Feuer-Essen, dem Lager für Hufeisen in unterschiedlicher Größe und Dicke, vier Eisenringen an der Hauswand, an denen die Kalt- und Warmblüter angebunden wurden, eine ordentliche Schmiede-Werkstatt, in der mein Vater von ihm entworfene Zäune, Fensterziergitter herstellte und in der, mit der Entwicklung der Zeit, schließlich auch komplizierte Landmaschinen repariert wurden. Bläulicher Eisenschlag sprang ab, wenn er das glühend geschmiedete Eisen mit Zangen vom Amboß hob und ins Wasser tauchte.

Es war ein lebhaftes Städtchen und ein tumultuöses Haus, in dem ich aufwuchs. Da meine Mutter dort geboren und Erbin der Schmiede an der Knesebeckerstraße war und da seit Jahrhunderten im Ort jeder mit jedem in irgendeine Verwandtschaft, wenn nicht stattliche Inzucht geraten war, besaß ich von vornherein etwa sechzig Onkel und Tanten, näheren und ferneren Grades, Heerscharen von Halb-, Viertel- und Achtelkusinen und -vettern, Blutsverwandtes noch aus den Zeiten Napoleons etwa in jedem zweiten Haus. Vor der Schulzeit oder auch noch während der Volksschule in den frühen 60er Jahren konnte ich fast in jede Stube oder Küche der Ortsmitte stürmen, „Guten Tag" rufen und: „Ich habe Durst, hast du Himbeersaft für mich, Tante Wilhelmine?“ Natürlich war die Verwandtschaft, die das Backgewerbe stellte, die vortrefflichste. Wenn mir danach war, spazierte ich direkt in die Backstuben, bewunderte gezielt die vollen Bleche mit Streuselkuchen, warmem Butterkuchen, Plunderschnecken und durfte nach einer Weile höflichen Abwartens Kantenstücke nehmen.

Wir selbst wohnten gegenüber einigen trockengelegten Stadtgräben, Wintersportparadiesen zum Schlittenfahren und im Sommer ideal für Berg- und Talfahrt mit dem Rad. Dort, an einer Wallkurve, stehen die drei Häuser, die mein Urgroßvater mütterlicherseits für seine Kinder gebaut hatte. Das war, bis in meine Zeit, der wahre Verwandtschafts-Pool. Neben unserer Schmiede stand das Wohnhaus von Tante Minna, verheiratete Gott, dann kamen Onkel Willy und Tante Bertha, ein Paar, das sechzig Ehejahre lang wortkarg und aus Vernunft zusammenblieb: Die kluge Bertha hatte in den 20er Jahren ein Kind erwartet – wer weiß, von wem? –, und der tumbere Willy griff zu, rettete die einst schöne Bertha gesellschaftlich. Als ich zehn war, waren beide, in ihrem gelben Haus mit großem Hühnerhof, über siebzig, Willy gerbte weiter Felle, daß es über alle Dächer stank, und erlebte zum Staunen aller das Wunder, im hohen Alter das dritte Mal drei echte Zähne zu bekommen. Man arbeitete Haus an Haus, Hof an Hof, nebeneinanderher, man feierte zusammen, man brachte sich Obst und Blumen aus den eigenen Gärten, man bestahl sich *en famille*, nahm nachts ein bißchen Wäsche von der Leine des verwandten Nachbarn oder schlich mit einer kleinen Schaufel in den Schuppen nebenan zum Hühnerfutterklau. Oft sah man sich hinter den Gardinen einander dabei zu, schimpfte über „Minna, dies Filou“ oder mußte lachen, wenn Onkel Willy am Lattenzaun sich umsah, ob niemand ihn beim Rhabarber-Rupfen beobachtete.

Es gab Tragödien. Viele starben früh am Bluthochdruck und seinen Folgen. So rächte sich bis in die 60er Jahre die Lust auf gute, große Braten mit viel Kartoffeln und auf zwei

Stück Butter extra in den Soßen, drei Eiern mehr im Rührkuchenteig. Man betrog sich, mitunter nach Strich und Faden. Minna, insbesondere die alte Minna, galt, sobald ihr Mann sich zum Kartenabend oder Kegeln aus dem Haus begab, als liebestolles Luder. Ins Haus dieser jüngeren, beleibten Schwester meiner schockierten Großmutter schlichen sich die alten Ehemänner, die daheim noch einen kleinen Abendspaziergang angemeldet hatten. Ein Haus der heimlichen Freuden war's nebenan. Wie alt mir all diese Leute vorkamen! Fünfzig, sechzig Jahre waren sie alt, doch die Frauen trugen früh dunkle Kleider, hatten meistens Schürzen umgebunden, und die Männer, Paul und Willy, hatten Zigarrenasche auf dem Jackettrevers, waren Honoratioren, die beim Schützenfest als *Schwarzes Korps* im Frack der Musikkapelle voranmarschierten. Von diesen Verwandten, Rentnern der 60er Jahre, die 1914 mit Bajonett zum Teil vor Paris gestanden hatten, lebt keiner mehr.

Bewegt war es bei uns zu Hause. Großeltern, Kinder, Enkel lebten unter einem Dach. Hinzu kamen noch zwei, drei Gesellen, die in einer Bodenkammer untergebracht waren. Da Bauernkundschaft und Verwandte gerne auch zum Mittagessen und zum Kaffeetrinken blieben, waren wir nicht selten zu zehnt und zu zwölft am Küchentisch. Das ließ sich auch bewältigen, denn es gab noch Hausschlachtung, und im Keller, bei der Räucherkammer und am Pökeltrog, hingen die Schinken und Würste von der Decke.

Das alles ist nicht mehr so.

Diese Opulenz, dies laute Leben mit vielen Gästen, ein Dauerdurchlauf durch das Haus, das Schnapsausschenken zu jeder Stunde, waren die Nachwehen einer alten Zeit. Ab irgendwann wurde jeder motorisiert; die Gesellen räumten die Kammern in den Häusern der Meister; ab irgendwann hatte jeder Geld, in Urlaub zu fahren, die gemeinsamen Wege trennten sich. Ab irgendwann wurden viele Selbständige zu Angestellten; die Arbeitszeit wurde exakt kalkuliert und die Freizeit kostbar; man teilte sich mit zunehmendem Wohlstand das Leben genauer ein und ging nicht mehr auf eine Tasse Kaffee zu einer verschrobenen Tante, sondern zum Tennis. Aus kleinen Handwerksbetrieben, in denen eine jüngere Generation sich nicht länger bis zum Lebensabend abrackern wollte, wurden Filialen von überregionalen Ladenketten; auf den umliegenden Bauernhöfen mit ihren riesigen Küchen, mit Knechten und Mägden, siegte das Denken und Rechnen der Hauswirtschaftsschulen, die Betriebe wurden modernisiert, Mähdrescher und automatische Melkanlagen machten alte Hilfskräfte überflüssig, die Bauernküchen wurden verkleinert, die schwarzgekleideten Großmütter, die vormals ihren Lebensabend vor den Töpfen auf dem Herdfeuer zubrachten, wurden ins neu gebaute Altersheim gebracht. Die jungen Bauersfrauen, die in den 60er Jahren zu walten begannen, kauften bald selbst in Supermärkten ein, weil die eigene Schweine- oder Rinderzucht, die Selbstversorgung aus den eigenen Gärten sich nicht mehr rentierten. Kühlschränke mit handelsüblichen Lebensmitteln, Milch und Joghurts von *Lünebest*, traten an die Stelle der kühlen Vorratskeller mit hausgemachtem Sauerrahm und eingelegten Heringen. Ein neuangeschaffter Elektroherd war nicht mehr vier Meter lang wie die großen Kachelherde, vor denen ich noch gestanden hatte, meine Nase gerade in Höhe der alten, bald ausrangierten Eisenpfannen. Ade, du Ländlichkeit. Wo ich aufwuchs, hat eine auf Distanz, auf Einkommen und Freizeitvergnügen ausgerichtete Allerweltsgesellschaft zum Beispiel Onkel Fritz verdrängt, einen damaligen Großbauern, der Samstag morgens mit drei Pfund Gehacktem und zehn frischen Brötchen in unsere Küche stiefelte, um uns pralle Kinder noch kräftiger zu machen und sich selbst beim Schmiedemeister, meinem Vater, vor dem Mittagessen ein Zweitfrühstück mit Bier und Schnaps und Neuigkeitenaustausch zu gönnen. Heute hält man sich an *Milram*-Kräuterquark auf Knäckebrot.

Der Osten.

– Als Attraktionen gibt es also bei uns das Kloster Isenhagen mit dem Nonnenknochenhügel und der provisorischen Pestdecke. Es gibt den steinalten Findlingstaufstein. Und es gab die *Zonengrenze.*

Sie bildete die östliche Begrenzung des Landkreises, durchschnitt das Doppeldorf Zicherie-Böckwitz, wobei ich jetzt nicht mehr weiß, ob nun Böckwitz oder Zicherie in der DDR beziehungsweise in Niedersachsen lag – was für die Bewohner natürlich von immenser Bedeutung gewesen war. Ich meine, Böckwitz hatte das Los ereilt, im östlichen Sperrgebiet real-sozialistisch zu verdämmern, während Zicherie es war, von wo aus man von einem westlichen Aussichtsturm in die andere Ortshälfte schauen konnte. Oder aber eben umgekehrt. Die Grenze zwischen Warschauer Pakt und Nordatlantischem Verteidigungsbündnis verlief auf alle Fälle durch Obstgärten und ein ehemaliges Stallgebäude. Drei Backsteinmauern mit der Hälfte vom Dach ragten auf der Westseite empor, die andere Gebäudehälfte auf der Ostseite war dem Minenfeld gewichen. Man darf auch nachträglich noch von absurden Zuständen sprechen. Von unserer Haustür bis zum Todesstreifen waren es knapp drei Kilometer. Man fuhr oder spazierte eine stille Apfelbaumallee entlang, stapfte, wo die Asphaltstraße in Fontanesches Kopfsteinpflaster überging, weiter, kam an einem unsinnigen Grenzstein vorbei, der das Ende des Königreichs Hannover markierte, stand dann plötzlich am Nachkriegs-Ende der Straße nach Magdeburg, vor Gebüsch, Gräben, vor dem Metallgitterzaun, dem Tretminenfeld, einer erkennbaren Betonpiste für östliche Grenztruppen-Fahrzeuge und einem Wachtturm. Direkt hinter den Sperranlagen, im Bezirk Magdeburg, im DDR-Kreis Salzwedel, lag das Dorf Waddekath. Nach Waddekath konnte man hineinschauen, also in den irgendwie schon von Moskau aus gelenkten Vorposten der dialektisch aufgebauten Weltrevolution. Ost-Hühner liefen dort umher, Ost-Gras wucherte dort hinter enteigneten Gehöften, Ost-Rauch aus den Öfen niemals sichtbarer Menschen stieg dort in den Himmel der Altmark und wurde zuweilen in den Kreis Gifhorn geweht. Zwischen meinem Heimatort und Waddekath, zwischen unserer Ölheizung

und dem Braunkohle-Rauch drei Kilometer weiter stand die Weltgeschichte auf dramatische Weise vierzig Jahre lang still.
Aber nicht immer völlig still.
Wer ahnte schon im Pentagon oder in Moskau, in Bonn oder in Ost-Berlin, welche plötzlichen Turbulenzen die Kuba-Krise, der Mauerbau in Berlin, die diversen Stationen des Kalten Krieges in meiner frühesten Kindheit hervorriefen?
„Sie kommen! Jetzt kommen sie."
„Großer Gott!"
„Der nächste Weltkrieg."
Es geschah einige Male, daß mitten in der Heide-Nacht ein gewaltiges, anhaltendes Dröhnen und Getöse mich aus dem Schlaf riß. Nicht nur mich. Großeltern, Eltern, Schwester tappten gleichfalls aus den dunklen Kammern, fanden sich gleichfalls im Hausflur-Dunkel ein und horchten. Es rumpelte weiter durch die Straßen. Das Haus zitterte.
Die kriegserfahreneren Generationen unserer Familie, hellwach in Schlafanzug und Nachthemd, hatten längst das Lärmen einer langen Panzerkolonne ausgemacht. Aber wer schaute während der Kuba-Krise, nach dem Mauerbau als erster aus dem Fenster, um – womöglich zu Beginn des ausgebrochenen Dritten Weltkrieges – nachzusehen, ob auf einmal von Waddekath her russische Panzer durch den Ort nach Westen rollten oder ob es englische, belgische Manöver-Mordkübel-auf-Ketten waren?
Dauernd schien die Welt am Rande des nächsten, totalen transatlantischen Krieges zu stehen, und das Grenzland mußte dann schon in den ersten Minuten in den Rachen des Geschehens geraten. Als Chruschtschow Nuklearsprengköpfe auf Kuba stationieren ließ, die USA im eigenen Haus bedrohte, war man sich bei uns darüber klar: Geht ein Krieg los, sind wir auf der Stelle überrannt und im Ostblock und werden vielleicht erst eine Stunde später als der Rest der westlichen Welt unter Atompilzen begraben.
Es war merkwürdig. Zehn- oder fünfzehn Mal hielten wir

tief in der Nacht die Nato-Panzerkolonnen schon für sowjetische Truppenspitzen und gaben uns unbewegt in den radikalen Machtwechsel im Frontland drein.
Nie kamen wir auf den Gedanken, daß etwa die Bundeswehr in den Osten *einrückte* – um im Strategen-Jargon zu bleiben. Ja, für den Fall eines Krieges stand niemals auch nur zur Debatte, daß die unbekannten, also um so bedrohlicheren Armeen des Ostens überhaupt irgendwo aufzuhalten wären. Beim nächtlichen Zagen meiner Großeltern, daß sie nun doch noch russisch besetzt würden, schwang nie das Vertrauen mit, daß etwa die Streitkräfte Hollands, Frankreichs, des ganzen im Nu an den Atlantik gedrängten Westeuropas je Paroli bieten könnten. Zu übertechnisierten, pluralistischen Kompanien bestand kein Zutrauen. – Aber was hatte sich denn, neben der Sowjetunion, im Zweiten Weltkrieg als zäher erwiesen als England-Amerika?
Einige Male brach, um 1960, der Dritte und der Wahrscheinlichkeit nach letzte Weltkrieg zuerst über unsere Straße herein. Wir waren, vor jedermann auf dem Erdball, die ersten, die den Roten Stern auszumachen vermeinten, wie er zum letzten Gefecht am Vorgarten vorbeirollte. Wir, mit fragenden Gesichtern in Nachthemden auf dem Hausflur, konnten niemanden mehr warnen, daß die verheerende Schlacht begonnen hatte, wir waren bereits überrolltes Demokratiegebiet und würden binnen kurzem zum Appell mit SED-Funktionären auf dem Marktplatz antreten müssen.
Wenn die Panzer nächtens rollten (die dann doch nie auf dem Vormarsch zum Rhein waren), stellte sich neben dem leisen Schock jedoch auch sofort eine Art von Erleichterung ein. Wir an der Grenze hatten den Dritten Weltkrieg schon hinter uns, während im Morgengrauen vor Hannover, vor Bielefeld gewiß bald heftig gekämpft, gestorben würde.
Ein Haß auf Russen trat bei allen Nachthypothesen jedoch nie zutage. Denn möglicherweise sind russische Menschen wegen ihrer Melancholie oder ihren Leiden in der Geschichte ja ohnehin das den Deutschen liebste Volk, und auch der

deutsche Überfall von 1941 hatte ein Volk getroffen, das man mochte.
Wie es sich herausstellte, waren es oft holländische Truppen, der entspannte Heerbann der Königin Juliana, der zum Schutz der westlichen Hemisphäre, von einem Manövergebiet zum anderen, nach Mitternacht an unserem bebenden Gardinenknick vorbeiratterte.

War Theodor Heuss schon tot?
Im Osten gab es jedenfalls zu jener Zeit den Mann mit Spitzbart, Walter Ulbricht, dessen schneidende Stimme in Leipziger Sächsisch dem Wohlbehagen des westdeutschen Wirtschaftswunderbürgers so sehr mißbehagte, daß man den roten Politiker von *drüben* bestenfalls noch *die Ziege* nannte, aber eigentlich überhaupt nicht mehr hinhörte oder hinschaute, wenn von dem Berufsrevolutionär die Konsolidierung und baldige Ausdehnung des Arbeiter- und Bauern-Paradieses konstatiert und prophezeit wurde.
Mein Heimatort besaß nach Norden, Westen, Süden hin drei offene Himmelsrichtungen. Im Osten hockte eine geschlossene Welt, stand drei Kilometer entfernt das unerreichbare, scheinbar menschenleere Waddekath, das historisch andere Wege ging. Waddekath war in die Oktoberrevolution von 1917 einbezogen worden; wir hatten mit den Römischen Verträgen, zwecks eines europäischen Binnenmarktes, von 1956 zu tun.

Vielleicht war es in einem jener Sommer, von denen man nachträglich immer meint, daß sie heißer, durchgehend sommerlicher gewesen waren als die Sommer heute. Mit Gewißheit aber verursachten die Ozonwerte in der Luft noch keine Reizung der Schleimhäute, erschöpfendes Unwohlsein und die Furcht, daß man passivisch in die fahrlässige Zerstörung der ehedem ausbalancierten Natur hineinlebe. Mit Bestimmtheit war es vor dem Mauerbau von Berlin, so daß durch das Nadelöhr zwischen Ost und West noch Besucher hin- und herreisen konnten. Möglicherweise lag

an einem der Sommertage jener Zeit der Duft von eingekochter Marmelade, eingekochten Gurken in unserem Haus. Möglicherweise war es auch ein kühlerer Tag, an dem in der Schmiede empfindliche Maschinen zum Kartoffelroden repariert wurden. Mein Vater trug seinen blauen Arbeitsanzug. Meine Mutter bewegte sich an zwei Gehstöcken fort, ehe das Rheuma sie später in den Rollstuhl zwang. Sie mußte mir unsere Gäste, meine Verwandten, vorstellen:
„Das ist Tante Elisabeth. Das ist dein Onkel Richard. Das sind deine Cousine Birgit und dein Cousin Harald."
Das waren also allesamt enge Blutsverwandte und: Ost-Berliner. Das Gros der Familie meines Vaters, fünf Geschwister, hatte das Kriegsende in die ehemalige Reichshauptstadt verschlagen. In U-Bahnschächten, Kellerlöchern hatten sie dort das Finale des Dritten Reichs überlebt. Während des ersten oder zweiten Winters nach der Erlösung war einzig meine Großmutter, die Mutter meines Vaters, bei der Reichstagsruine an Unterernährung, Auszehrung gestorben. Wahrscheinlich hatte sie aber auch, vertrieben, mit einem Handwagen voller Habseligkeiten aus dem Osten nach Berlin hereingeirrt, ihren Lebenswillen aufgegeben.
Es war der reine Zufall, daß alle fünf Geschwister meines Vaters zuerst Zimmer, dann Gemeinschaftswohnungen, schließlich eigene Wohnungen in Köpenick, Bernau, Berlin-Mitte, in Rahnsdorf am Müggelsee gefunden hatten. War Berlin nicht weitläufig genug? Ein ganzer Clan war durch diese Wohnorte unversehens zu Empfängern von Lohn in *Mark der DDR*, zu Bürgern unter dem Magistrat und nicht zu Bürgern unter dem Senat von Berlin geworden. Gleitend, in deutlichen Schüben, die offenbar jedoch nie endgültig genug erschienen, war der Großteil der Familie zu Bürgern im Sozialismus, nur ein Bruder zum D-Mark-Menschen geworden, zum Gifhorner Volkswagenfahrer: mein Vater.
Ein abenteuerlicher, im nachhinein faszinierend wirkender Warenaustausch hatte in den Nachkriegsjahren, als ich noch nicht auf der Welt war, zwischen der Familiengruppe unter Otto Grotewohl und Wilhelm Pieck und dem westlichen

Posten in Ost-Niedersachsen geherrscht. Und gern wurde über die wilden Zeiten der Not und der nötigen Improvisation zum Überleben erzählt: Mit prallvollem Rucksack, voll von Heide-Fressalien, war mein Vater in Tage währenden Aktionen und teils auf den Waggondächern und Trittbrettern der ausgemergelten Reichsbahn über die zerbombten Verkehrsknotenpunkte Stendal, Haldensleben, Magdeburg zur Versorgung Berlins in den Osten gefahren. Offenbar hatte man dabei jederzeit mit Beschlagnahmung, Durchsuchung, Verhaftung durch russische Patrouillen, dem Abrutschen vom Waggontrittbrett über Elbebrücken rechnen müssen. Über die *Grüne Grenze*, die Trennungslinie in der Feldmark, den zuerst noch nicht verminten Demarkationsstreifen zwischen der westlichen Trizone und der sowjetisch besetzten Zone war auch die Ost-Verwandtschaft, waren auch die hageren Berliner ins ihnen völlig fremde Heide-Städtchen gekommen – bei Nacht kamen sie und natürlich von Waddekath! –, um Fleisch, Kaffee, Milchpulver in ihre Koffer zu packen, um den Geburtstag des Bruders zu feiern, um sich bei der westlichen Gartenarbeit von der Hatz nach Gemüse und einem Wasserhahnventil in Ost-Berlin zu erholen. Ein politischer Riß ging nie durch die ältere Geschwister-Generation der deutschen Familie; allein die Versorgungslage differierte. Die preußischen Besucher wuchsen als eine Art Kur-Asylanten, bei der Ankunft bläßliche, rasch erholtere Gestalten, für die Dauer ihrer Anwesenheit in das Ortsleben ein: Sie gingen mit zum kleinstädtischen Skatabend, sie standen beim Schützenfestumzug mit am Straßenrand und gingen mit auf den Ball.

Wohl nur wenige Wochen vor dem Mauerbau bekam ich den letzten Westausflug der generell leicht nervös wirkenden Tanten und Onkel aus dem fabulösen Ost-Berlin mit, wo manches nicht so sein konnte *wie bei uns*. Wieso sonst hörte ich dauernd „Ach“ und „Ach, das haben wir nicht“, „Ja, bei euch!“, „Wir wollen hoffen, daß es bald besser wird“?

Mitunter vier Wochen lang vermehrten die Gäste, die schnell bedrückt, unruhig wirkenden Erwachsenen aus der

Zone, den Menschenauflauf in unserem Haus. Stabil saßen die Bauern beim Bier; derweil schälte Tante Elisabeth aus Köpenick, eine belesene Frau mit heiklem Nervenkostüm, Kartoffeln für zehn Personen: „Im Winter waren wir im Gorki-Theater. Ich gehe zu gerne ins Theater. Man muß doch was aus dem Leben machen. Für Karten steht man sich die Beine in den Bauch. Ich hab die Kräfte nicht mehr dazu. Immer anstehen! Wann wird das besser? Ach Gott, Hollandkartoffeln, die könnte ich mein Leben lang essen. Aber gibt's ja nicht ..."

Im Sommer 1961 schälte sie das letzte Mal Kartoffeln im Adenauer-Land. Am 13. August 1961 kam auch Tante Elisabeth, mitsamt der *Weißen Flotte*, mit der sie manchmal in den Spreewald fuhr, für 30 Jahre unter Verschluß.

Es waren keineswegs abgerissene Erscheinungen, die vor diesem Stichtag an den niedersächsischen Fettöpfen auftauchten. Es waren DDR-Schullehrer, Lehrer-Gattinnen, Kleinkaufmann mit Kleinkaufmannsfrau mit Cousins und Cousinen, die in bunten Sommerkleidern, makellosen Popelinemänteln, Bügelfaltenhosen, gewienertem Schuhwerk – wie im Westen! – unser Leben vielköpfiger machten, diesen brandenburgischen Tonfall einbrachten.

Die Cousins und Cousinen, auch Dreikäsehochs wie ich, trugen die gleichen Badehosen, Badeanzüge wie wir, Gestreiftes oder Geripptes, und beim Austoben im Freibad gab es kein Unterscheidungskriterium zwischen achtjährigen Ost-Berlinern und gleichaltrigen Niedersachsen. Erst später, erst nach dem Durchlaufen von Schulklassen, nach der sozialistischen *Jugendweihe* dort, der Konfirmation hier, brachen klassenkämpferische Cousinen und westdeutsche Spielkameraden von einst den Kontakt zueinander ab. Dezidiert ... bis zur Wiedervereinigung.

Der Sommermantel meiner Tante Elisabeth hätte nach Schnitt und Material auch ein Mantel meiner Mutter sein können. Wenn Ost und West bis in die frühen 60er Jahre noch Nachkriegsgebiete waren, mit noch vergleichbaren Polstermöbeln in den Stuben, Hackfleischklößen in den

Töpfen, so zog der Westen schließlich wirtschaftlich davon. Es setzte das Urlaubmachen im Süden ein, der Bau von Garagen, Wintergärten, sogar von Swimmingpools, das epidemiehafte Schenken von Zuchtperlenketten, das Investsparen – und die DDR kam nicht mehr mit. Mit den Goldklunkern an westlichen Ohren hatten die alten, dünner gewordenen Goldringe aus Vorkriegszeit an Tante Elisabeths Fingern schon 1961 nicht mehr konkurrieren können. In fast allen Bereichen der Effektivität – Industrie, Feinelektronik, Chemie, High-Tech, Service! – wurde das ehedem vitale Mitteldeutschland alsbald von fast allen Regionen Westeuropas überflügelt, von der Normandie, der Lombardei, Südengland, jedem skandinavischen Land sowieso.
In den 50er Jahren hatte die DDR für längere Zugstrecken in der Republik noch Kinowagen konzipiert und gebaut. In den 80er Jahren rumpelte die *Reichsbahn* – ohne Kinowagen – nur noch mit Verspätungen in die Bahnhöfe von Rostock oder Karl-Marx-Stadt ein. Die Planwirtschaft hatte, entgegen der Theorie, in die Verwaltung einer generellen Ermüdung geführt. Die Straßen zeigten nach jedem Winter ausgedehntere Frostschäden. Daß es so etwas gibt, so etwas wie Rückschritte bei voranschreitender Zeit, hat mich immer sehr erstaunt. Muß nicht per se alles immer besser werden? Ich weiß um die Haltlosigkeit der trotzdem berechtigten Frage.

Heinz Quermann lebt vielleicht noch irgendwo.
Ich habe den Haudegen des frühen DDR-TV-Entertainments seit einem Vierteljahrhundert nicht mehr zu Gesicht bekommen. Heinz Quermann, ein anderer Peter Frankenfeld für die andere Hälfte der deutschen Nation, der untersetzte, rundliche Sorgenvertreiber für Eisenhüttenstadt und Weimar zu Zeiten des Präsidenten Lyndon B. Johnson, lebt vielleicht noch in einem Haus am Werbellinsee und umsorgt dort seine Rosen. Heinz Quermann war Sonntag morgens auf Sendung und wurde von Adlershof ausgestrahlt. Drei Kilometer neben der Grenze empfingen wir ihn besser als

den frühen *Komödienstadl* vom Alpenrand, bei dem espritlose Bauerntypen in unverständlichem Bayerisch sich unförderliche Gemeinheiten an den Kopf warfen, also *grantelten.*

Heinz Quermann ist nun von der Aura des Verschwundenen umgeben. In einem Staat, in dem es sowohl in der binnenländischen Wirtschaft wie in der Showbranche kaum Konkurrenz gab, war ihm um 1965 eine Menge Fernsehsendezeit zugestanden, ich schätze zwei bis drei Stunden Vormittagsprogramm für DDR-Familien zwischen Frühstück und Mittagsbraten. Heinz Quermann trug stets eine blütenweiße Smokingjacke, das Mikrophon, das der kleine Mann sich an die Lippen hielt, war gleichfalls weiß und groß wie eine Eierlikörflasche. Heinz Quermann, der aus dem ersten Fernsehapparat in unser Wohnzimmer hineinplauderte, brachte mir en passant die ostdeutschen Landschaften nahe. Der emsige Showmaster trat mit seinen Leuten mal am Müggelsee-Gestade auf, mal unter den Kränen des Hafens von Rostock, mal unterm Seewind von Saßnitz auf Rügen, dann in einem neuen Pionierpark einer thüringischen Metropole mit alten, leidigen Kirchtürmen im Hintergrund. Im Gegensatz zu den deutlich politischen Programmbestandteilen des jungen DDR-Fernsehens wurde Quermann wohl auch in der DDR geschätzt. Der Showmaster mit rundem Kopf war natürlich immer gut aufgelegt und befriedigte das gesamtdeutsche Bedürfnis nach stimmungsvoller, zahnloser Unterhaltung aufs Vortrefflichste. Was Niedersachsen betrifft, so war etwa Caterina Valente (mit ihrem schattenhaften Anhängsel und Bruder Silvio Francesco) ein eher undeutscher, anstrengender Unterhaltungstypus: Caterina Valente, dies allzu quirlige Phänomen auf dem Bildschirm, tanzte viel zu hektisch, war dauernd mit schlangenartigen Bewegungen ihrer Arme und Hände, des ganzen Leibes befaßt, sang viel zu oft ausländisch und forderte vom überforderten Zuschauer eine Mondänität ein, die der unerfahrenländliche Ludwig-Erhard-Bürger nicht ohne weiteres aufzubringen in der Lage oder gewillt war.

Anders Heinz Quermann, den man aus sendetechnischen Gründen etwa ab der Weser nicht mehr sehen konnte. Der Ost-Mann im Smoking bot unverwüstliche deutsche Erbauungskultur. Bei ihm, an seinen Sonntagvormittagen, tanzten Jungen und Mädels aus dem Spreewald vor Blumenrabatten im Open-Air-Ambiente des Thälmann-Parks sorbische Volksreigen, bei ihm sang der Matrosenchor der Nationalen Volksmarine „Rolling Home", Heinz Quermann spielte in seiner Moderation nur unlästig auf die deutsch-bulgarische Waffenbrüderschaft an, aber schon trat hinter den Springbrunnen von Schloß Pillnitz bei Pirna ein Folklore-Ensemble aus Sofia hervor, drehte und wendete sich nach südöstlichen Hirtenweisen. Heinz Quermann regte – durchaus im Sinne des amerikanischen Show-Biz – mit nichts auf, sondern er bestätigte die Zuschauervorstellungen von heiler, bewährter Freude mit heilen und bewährten Freudenbringern. Wann sang in der zeitgleich produzierten, ultra-fremdgeistigen *Caterina-Valente-Show* schon ein kerniger Chor strammer Blauer Jungs, die bei Heinz Quermann nur den unaustilgbaren Makel hatten, im Fall des Falles für den Warschauer Pakt in See zu stechen? Quermanns stets mitgefilmtes, eingeblendetes Live-Publikum aus dem sonnigen Erfurt von 1965 nahm den wohl oder übel mitschwingenden Kommunismus beim Auftritt des Chors Junger Pioniere von der Erweiterten Oberschule Feliks Dzierzynski nolens volens in Kauf. Unterhaltung vollends ohne Parteilinie war schlechterdings nicht erwartbar. Wer da als eingeblendeter Zuschauer, DDR-Bürger saß, war selbstverständlich – wie auch im Westen seinerzeit – davon angetan, im Fernsehen vielleicht sogar erkannt zu werden, wollte sonntägliche Ablenkung durch Melodie und böhmische Trachten, wurde natürlich auch peu à peu und subtil daran gewöhnt, daß wirkliche Freude von sozialistischen Volksgenossen aller Bruderländer ausginge, vom Saxophon-Ensemble des Robotron-Kombinats, von einem Kubaner, der, mit zwei Rasseln bewehrt, „La Cucaracha" sang.

Der Zusammenhalt von DDR-Bürgern als utopische Glücks- oder als Notgemeinschaft formierte sich. Selbst bei uns sporadischen, westlichen Zuschauern, die Sonntagmorgens nicht zur Kirche gingen, schlich sich hin und wieder die Vorstellung ein, daß *drüben* eine sonnenbeschienenere Freiluft-Gesellschaft nach einer Arbeitswoche ein wenn auch biederes, so doch sicheres Vergnügen genoß, daß *drüben* die bürgerliche – nicht die proletarische, sondern die liebe, kleinbürgerliche – Welt noch in Ordnung war: Von Montag bis Samstag Müh und Alltag im VEB, aber sonntags ab zehn Uhr der Volksgenosse Heinz Quermann in Smokingjacke mit „Guten Morgen, verehrte Gäste, liebe Erfurter an diesem schönen Julitag und ein herzliches Willkommen unseren heutigen Gästen aus der sozialistischen Volksrepublik Jemen und ein besonderes Willkommen auch an die Mädchen und Jungen von der EOS Pasewalk, die uns jetzt gleich auf dieser herrlichen Bühne, die von den Bürgern Erfurts geschaffen wurde, von Freud und Leid vorsingen, die Oberschüler schon immer hatten ..."

Wir, in einer Grundschule des Westens, sangen wesentlich diffuser, unrevolutionärer, versponnen privatistischer als systemlose Kapitalistenkinder: „Schneeflöckchen, Weißröckchen, wann kommst du geschneit" oder, halb mystisch, „Laterne, Laterne, Sonne, Mond und Sterne, geh aus mein Licht, geh aus mein Licht, nur meine liebe Laterne nicht ..."

Läßt sich etwas summieren?

Heinz Quermann, Fixstern am Unterhaltungshimmel der Deutschen Demokratischen Republik, suggerierte – oder produzierte – wenigstens für ein paar Stunden heile Welt; er half bei der Stabilisierung des sozialistischen Staates, indem in das gesetzt kleinbürgerliche Amüsement vom Staat ausgezeichnete Traktoristen und brüderliches Fortschrittsdenken einflossen; er stach durch sein unüberraschendes Zeitvertreib-Programm manche westliche Unterhaltungsexperimente aus; er unterlag sicherlich prinzipiell jedem amerikanischen Entertainment, das, in puncto Freude, Liebe,

Erotik, Geld, auf private Glücksvorstellungen setzte, nicht auf ungreifbare, nach unten hin nivellierte kollektive. Am Ende bewegte sich etwa ein amerikanischer Navy-Chor, selbst in kleinsten Gesten, in der Mimik, behender, inspirierter, ja charmanter als ein NVA-Matrosenchor, der nur deutsch dastand, in einem sozialistischen Shanty einmal zu oft von einer doch eher unangenehmen *Friedenskanone* sang oder bei „Ick heww mol en Hamborger Veermaster sehn" zu selbstredend auf einen denn doch zu abgenutzten Evergreen als Erbaulichkeit setzte. Es war immer Programmatik, kaum Weltläufigkeit, Überraschendes, das zum Tragen kam. Und Programmatisches birgt seinen Abnutzungseffekt in sich. So war es auch bei der sozialistisch-deutschsicheren Unterhaltung von Heinz Quermann, später bei den Revuen *Ein Kessel Buntes* aus dem Friedrichstadt-Palast, wo Weltläufigkeit, etwas hinterherhinkend, dann auch zum sicheren Programm werden wollte, indem plötzlich Mireille Mathieu auftrat – *der Truthahn von Avignon,* wie sie in Frankreich längst hieß – oder Roberto Blanco, Katja Ebstein, die sich im Osten ganz gerne etwas dazuverdienten. Dieser späten, anvisierten Weltläufigkeit von DDR-Revuen am Samstagabend, diesem Programm zur Ergötzung zwischen den Schwierigkeiten, ging jedoch auch das freie Unterhaltungsmoment ab, das Belebende, das John Travoltas erste Auftritte am Broadway hatten. Neben dem Sicheren und Bewährten braucht der Mensch womöglich doch das Unerwartete, ansonsten hätten sich im Westen *My Fair Lady, Cats* nie vor *Frau Luna* und *Die Blume von Hawaii* geschoben.
Nun, es bleibt nicht daran zu rütteln, daß in meinem Elternhaus eine Reihe von Jahren ein Pas de deux eines Solistenpaars der Leipziger Oper den Vorrang vor Gene Kelly mit seinen angejazzten Step-Sprüngen über Bordsteinkanten im Regen genoß. Der New Yorker Tunichtgut, der auch im Wolkenbruch in englisch trällerte, war zu stürmisch, fremder als die disziplinierte Pirouette russischer Schulung. War mein Elternhaus, neben dem meines Vetters Wilhelm, womöglich der einzige Haushalt der Europäischen Gemein-

schaft, wo Heinz Quermann zur Kenntnis genommen wurde? Das ist denkbar. Schon unter den Dächern nebenan flimmerte sicherlich nur der *Internationale Frühschoppen* aus Köln mit dem seinerzeit noch nicht enttarnten Ex-Nazi-Journalisten Werner Höfer als Gastgeber. Bereits bei den Nachbarn schien der nächstliegende Staat, die Deutsche Demokratische Republik, zu keinem Umschalten des Fernsehprogramms, Drehen am Radioknopf anzuregen. Ein vollständig anderes wirtschaftspolitisches System mit seinem entstehenden Eigenleben weckte keine Neugierde, lief, nur drei Kilometer entfernt, mittels der Grenze auf eigenes Geheiß isoliert, als Nirwana neben dem lüneburgischen Alltag ab.

Bei uns jedoch gab es ein inneres Geplänkel mit dem *Osten.* Dort wohnten Verwandte, von dort kam mein Vater.

Seine kleine, natürliche Vertrautheit mit dem Anderen jenseits des Minenfelds, sein unproblematisches Hören von Berliner Radio-Unterhaltungssendungen wie *Von Sieben bis Zehn in Spree-Athen,* wurde in meinem Falle zur regelrechten Sucht, *Drübiges,* das Ungewöhnliche einzusaugen.

Umfangreich war das Kinderprogramm, das zu dem Lob beitrug, daß sich die DDR besonders gut um den Nachwuchs kümmere. In der Tat, vom Kinderhort an bis hin zum Ausscheiden aus dem produktiven gesellschaftlichen Leben blieb hinter der Elbe kein Schicksal sich selbst überlassen. Erst im Rentenalter wurden die Bürger, wie im Westen auch, gern Heimen, Kasernen für unnütz gewordene Menschen überantwortet.

Die Samstags-Kindersendungen *Meister Nadelöhr* und *Professor Flimmrich zeigt und erzählt* waren eine heftige Konkurrenz zur *Augsburger Puppenkiste.*

Meister Nadelöhr war ein hagerer, spitzbärtiger Schneidertyp, wie Wilhelm Raabe ihn ersonnen haben könnte, ein Darsteller, dem bei seiner Moderation in der Schneiderstube, einem Studio in Adlershof, von dem vorlauten Plüschtier Pittiplatsch und der auf Frieden erpichten Stoffente Schnat-

terinchen assistiert wurde. Die Frechheiten Pittiplatschs, einer Art Kokosnuß auf Beinen, wurden natürlich nie zur ernsthaften Kritik am heiteren Geplauder des Mannes mit der Elle unterm Arm. Pittiplatsch war im Grunde die dreiste Berliner Göre, die sich wegen ihres unangemessenen Verhaltens dann doch zurechtweisen ließ: „Jetzt mußt du unseren Kindern aber auch mal was vorsingen, Pittiplatsch. Sonst denken wir alle noch, du wärst ein unverbesserlicher Knirps!" Der Schneidermeister, der vom Bratäpfelbacken der Großmutter und ihrem Kräutergärtlein erzählte, der dem freundlichen Entlein Schnatterinchen durchaus auch mal ein rotes Pioniertüchlein umband, „Danke, Meister Nadelöhr, das wollte ich schon lange haben", war ein Kurzprogramm. Kleine Märchenfilme, mich selbst nie allzu sehr begeisternde Marionetten-Abenteuer standen im Mittelpunkt der halben Stunde. Nach diesem Budenzauber aus der Schneiderstube – im Westen allerdings gänzlich ohne Pendant oder Gegenidee – kam das Monument der Kinder- und Jugendunterhaltung. Ein Zeichentrickfilm zeigte *Professor Flimmrich* mit Brille und weißem Kittel zwischen vielen Filmkonserven auf Regalen, und unter dem Gesang eines Kinderchors wurde die gezeichnete Gestalt zum wirklichen Darsteller in einer Filmkammer: „Professor Flimmrich zeigt und erzählt das, was Groß und Klein gefällt./ Was gibt es heut bei ihm zu sehen?/ Zeigen Pioniere was aus ihrer Welt?/ Was gibt es heut bei ihm zu sehen?/ Ist der Professor vielleicht auf Reisen ..." – „Guten Tag, liebe Kinder ..."
Ich war wahrscheinlich Flimmrichs einziger westlicher Ansprechpartner, der sich im marktwirtschaftlichen Sessel fläzte und in erste Schokoriegel amerikanischer Konzerne biß.
Lange Filme bot mir der Sozialismus.
Und, keine Frage: Die sowjetische Zeichentrickversion von Hans Christian Andersens *Schneekönigin,* das grausige Märchen von Kai mit dem Glassplitter im Herzen, war künstlerisch-ethisch haushoch den späteren Westkeilereien von *Schweinchen Dick* überlegen, diesem säuischen Prügel-

kommando aus den Hollywood-Studios, das später sogar verboten wurde.
Und die Komsomolzen der Sowjetunion traten mir nahe. Ich sah sie beim Pipelinebau in Sibirien, und im Vergleich zu ihren Abenteuern um die rechtzeitige Fertigstellung eines Stausees bei Taschkent waren die Abenteuer der *Kinder von Bullerbü,* dieses Milchtöpfe-Ausschlecken in Schweden, müder Kinderkram von der süßen Sorte. Noch bevor die NASA den Mond erreichte, war ich mit sowjetischen Kosmonauten in Jugendfilmen zum Jupiter unterwegs und pflanzte dort, mit den Augen zumindest, Hammer und Sichel in den planetaren Staub. Wenn mich kreativer Lebensoptimismus erfaßt – selten genug –, so mag das teils noch von Professor Flimmrichs erfinderischen, helläugigen Pionierhelden herrühren, die mir – anders als Olle und Lasse in Bullerbü – vorführten, daß man immer handeln mußte, damit es keinem verbrecherischen Element der Gesellschaft gelänge, unter der Staumauer von Taschkent einen unheilschwangeren Sprengsatz zur Zündung zu bringen. Ilja aus Moskau *handelte* – und war schneller als sein übler Gegenspieler und rettete Leben und Stromversorgung der Usbeken.
Tschechische Kinderfilme wurden geboten, jedoch nicht diese ganz absurden, nicht der fliegende Mann *Pan Tau,* wie sie die Westgemüter verwirrten. Auch die tschechischen Kinder taten Gutes, halfen, gingen durch eine geheime Tür bei Prag – die Tschechen kommen ohne derlei Wahnsinn nie aus – ins Mittelalter und befreiten einen guten Handwerksgesellen aus der Folterkammer eines niederträchtigen Bischofs.
Nein, Polen, Bulgarien, Rumänien warteten nicht mit eindrucksvollen Filmproduktionen auf; in diesen Ländern war nur der gängige Pionier mit Kleinigkeiten zugange; weder böhmischer Aberwitz noch sowjetische Power der Weltallbefriedung kamen hier zum Zuge. Womöglich hatten die Polen schon damals nicht den Impetus, besonders strebsame, heldenhafte Kinder dem Marxismus-Leninismus zuzuführen.

Ungarn, Ungarns Filme, das war etwas anderes! Ungarn, zu jeder Zeit national-historisch bewußt und stolz, flimmerte mit einem unschlagbaren Volkshelden über die Samstagnachmittag-Mattscheibe. Unablässig – was ja auch durchaus begreiflich war – befreite *Der Kapitän vom Tenkesberg*, ein Robin Hood der Puszta im 18. Jahrhundert, die Heimaterde von den feudalistischen, habsburgischen Okkupanten. In wer weiß wie vielen Folgen machte er den Horden der Kaiserin Maria Theresia den Garaus, gewann am Ende immer, aber irgendwie waren die Österreicher auch von ihm nicht gänzlich zu eliminieren. Wilde Ritte, Hinterhalte der Wiener, Siegeslieder der edlen Briganten, davonlaufende Schergen im Dienst der barbarischen Hofburg – so wollte es das Drehbuch. Das stets sichere Siegen des Kapitäns vom Tenkesberg zeitigte bei mir allerdings einen von den Filmautoren völlig unerwünschten Effekt. Ich glitt innerlich nach und nach auf die Seite der permanent verdroschenen und erledigten Österreicher hinüber. Irgendwann fand ich es dann unverschämt, daß die immerhin kaiserlichen Truppen unaufhörlich von den hergelaufenen Volksbefreiern durchgewalkt wurden. Aber in den sozialistischen Budapester Studios rechnete man nicht mit meinem niedersächsischen Monarchismus, züchtete ihn sogar erst: Die Österreicher besaßen und hielten eine schöne Burg, am Anfang der Episoden waren ihre Uniformen immer berückend weiß, und vor allem gab es die delikate, krisengeschüttelte, im Reifrock fliehende Gemahlin des dicken, dummen k. u. k. Oberst. Besonders sie tat mir leid, die in ihrer französischen Mode, frisch toupiert, Schmuck und Fächer gerade noch in die Hände gekrampft, vor wilden Männern in zotteligen Felljacken immer wieder das Weite gen Steiermark suchen mußte. Sie vertrat das ausbeuterische, legale Unrechtsregime, ihr Mann war gerade wieder von den Rebellen in einen Brunnen gestopft worden, aber: sie bewies Haltung. Frau Oberst, Wienerin, reckte aristokratisch-störrisch das Kinn, wenn sie aus einer Kalesche gezerrt wurde, um für eine Episode in den Wald abgeführt zu werden. Ihr Flitter war so kostbar wie unsinnig, war der böse Luxus, der aber doch nicht nur Mist war, wie es die Räuber, die selbst nur noch nicht zu Geld, Macht und Gesellschaftsritualen gekommen waren, mir klarmachen wollten. Von den Machern der Serie ganz unbeabsichtigt, hielten sich das heißblütige Draufschlagen der Ungarn und die gedemütigte Resistance von Frau Oberst als meine Spannungsmomente bald die Waage. Man mußte doch verstehen – verstanden das die Räuber nicht? –, daß die gehetzte Wienerin, die halb Ungarn besetzt hielt, nicht mit Freuden ihre Brillanten wegschenkte! Sie stand für all die undurchdringliche, schlüpfrige, nervöse Sphäre von Macht, die gegen den moralisch einwandfreien Freiheitsschrei nur ihre ästhetischen Ohnmachten zu setzen hatte, jene nie unbeeindruckende Haltung, mit der Nase am Riechfläschchen vor dem eigenen Untergang zu stehen. Wahrscheinlich hatte ich nur selbst nie gegen eine faßliche Knechtschaft kämpfen müssen, daß mir Frau Obersts stilvolle Leiden im Anblick ihrer kontinuierlichen Entmachtung durch den Kapitän so kostbar vorkamen. Ihre schöne Burg bedeutete doch Solidarität – war ich so spießig, daß mir deshalb die schießenden Reiterscharen zerstörerisch und einfach ungut vorkamen? Madame Oberst programmierte mich jedenfalls darauf, später in Marie Antoinettes Wort an den Henker von Paris – „Pardon, ich wollte Ihnen nicht auf den Fuß treten" – eine gewisse Größe der stilvoll Sinkenden zu erkennen. Aber ja nicht nur das: Die ungarische Österreicherin aus dem Film wies generell darauf hin, daß ein jeder auf jedweden Zusammenbruch mit einer gewissen Erhabenheit reagieren kann.

Es war die Zeit, in der das DDR-Fernsehen für eine Weile ein Werbeprogramm ausstrahlte. Erst später wurde mir klar, weshalb es bald wieder verschwand. Bei der Planwirtschaft war es einigermaßen unsinnig, in *Tausend-Tele-Tips* optimale volkseigene Produkte vor anderen hervorragenden Erzeugnissen anzupreisen, die beinahe konkurrenzlose *Florena*-Kosmetik gegen andere, vielleicht nicht lieferbare Kosmetikartikel auszuspielen. So hielt sich der Appeal-Charakter der Slogans von vornherein in Grenzen: „Florena pflegt, Florena schützt. Florena – die Creme für Sie. Florena!" Im Vergleich zu gegenwärtiger Westwerbung, der schieren Flut aus Lügen- „Ein Soft-Aufstrich, der Sie selig macht!" – wirkten die *Florena*-Worte von einst natürlich, geradezu ehrerbietig.

Andere TV-Angebote von *drüben* waren weder bizarr noch anheimelnd. Eine reine Schreckenssendung für mich war *Mach mit. Mach's nach. Mach's besser.* Allein die dreifache Befehlsform dieser Sportsendung konnte den Westzuschauer vergraulen. Beim Wettrennen zwischen den Klassen zweier DDR-Oberschulen *mitmachen?* Zur Not, ja. Es *nachmachen?* Lästig. Es *besser machen,* schneller rennen als die Staffelläufer aus Greifswald? Warum? – Durch einen Moderator, ich glaube: *Addi,* in einem ziemlich gräßlichen Trainingsanzug, der seine jungen Sportler von einem Wettkampfgerät zum anderen hetzte, in garniertem Kommißton, sollte über die Mattscheibe Ertüchtigung propagiert werden. Diese forcierte Fitness nach Plan erreichte mein Gemüt nicht. Mit Schaudern und Distanzierung sah ich hin, wie sich Gleichaltrige in den diversen Turnhallen der DDR den Einzug in die Ausscheidungskämpfe erstrampelten. Diese Kinder wurden selbstverständlich zum Teil jene Athleten, die in Mexico City, in München, bei den Olympischen Spielen in Los Angeles um $^{4}/_{100}$ Sekunden schneller sprinteten als ein pluralistischer Mitstarter aus Ghana oder Kanada: Selten war ein Ghanaer oder Kanadier schneller als ein früh geschmiedeter Spitzensportler aus dem Ostharz. Aber Gott, sei's drum. Was hängt vom Sprinten, vom Weitenrekord beim Hammerwerfen grauenhafter Sportlerinnengestalten, vom zeitigeren oder späteren Durchschlüpfen einer Kanuspitze durch die Optik der Zielkameras ab?

Es ist ein Sonntag im August 1991. Vom Turm der Peterskirche in München dringen die ersten Töne der Turmbläser durch den Sommerabend herüber. Vor einer Woche haben die Verteidiger des russischen Parlaments in Moskau den

Putsch alter Kommunisten gegen die Demokratisierung der Sowjetunion gestoppt. Vor noch nicht einmal vierundzwanzig Stunden hat Michail Gorbatschow seinen Rücktritt als Generalsekretär der KPDSU erklärt und die Auflösung der bislang staatstragenden Partei eingefordert. Nach den drei baltischen Staaten und der Ukraine hat Moldawien seine Unabhängigkeit verkündet. In dem nach der Oktoberrevolution vielleicht größten weltpolitischen Umbruch des 20. Jahrhunderts läßt Litauens Präsident Landsbergis an diesem Nachmittag verlautbaren, daß Litauen ab morgen die Kontrolle seiner Grenzen zu Polen und Rußland selbst übernehme. Es ist in diesen Stunden, Tagen nicht zu erkennen, ob die bis vor kurzem monolithisch wirkende Sowjetunion in zig Republiken mit zig Währungen, zig Armeen zerfallen wird, ob ihrem bisherigen Gebiet ein Verteilungskrieg bevorsteht, ob dort ein neuer passabler Staatenbund im Entstehen ist, ob Traditionen des Terrors wiederaufleben, in wie viele Hände das nukleare Overkill-Potential des Riesenreiches geraten wird. Im Augenblick scheint die ganze nördliche Welt-Hemisphäre zu einem Bereich ähnlicher parlamentarischer Demokratien zu werden. Darin werden sich wieder Oppositionen herausbilden, die vielleicht nicht mehr auf Klassenideologien basieren, sondern deren Repräsentanten mit der Übervölkerung der Erde, dem lebensbedrohlichen Verschwinden der Wälder Brasiliens, Indiens konfrontiert sind. Vielleicht liegt es am Bewußtsein, daß dem Wohlleben aller Industrienationen Grenzen gezogen sind, daß es Wichtigeres gibt als den ausgereizten politischen Ost-West-Gegensatz – vielleicht ist es dieses Bewußtsein, das die westliche Häme über den Kollaps der kommunistischen Welt in Schranken hält. Wie die Unabhängigkeitserklärung der USA 1776 war Lenins Ausrufung des bolschewistischen Rätesystems 1917 aber natürlich ohnehin nicht mit der Absicht geschehen, das Böse voranzutreiben.

Entsprechend den Thesen des russischen Struktural-Linguisten Jurij M. Lotman entstehen in Erzählungen oder im Leben die Erlebnisse daraus, daß eine Person Grenzen überschreitet. Der Erlebnischarakter ist um so stärker, je mehr der verlassene Raum vom neu erreichten differiert, so daß etwa die Fahrt aus einer Kohlengrube ans Licht, der erste Kuß, den ein Ehemann einem anderen Mann gibt, der schwer vorstellbare Übergang vom buddhistischen Nirwana in die christliche Hölle für einen größeren Erlebnischarakter sorgen als der wiederholte morgendliche Gang vom Schlafzimmer ins Badezimmer.

Die Räume, die man in westlicher, südlicher, nördlicher Richtung vom Kreis Gifhorn aus erreichen konnte, waren auch flach und grün, waren gleichfalls von gut geteerten Landstraßen mit Kurvenspiegeln durchzogen, wirkten am Sonntagnachmittag auch verschlafen.

Aber im Osten lag der Bezirk Magdeburg, weiter hinter diesem Areal, hinter der Magdeburger Börde – bereits vom Namen her eine dunklere, unheimlichere Gegend als der Rheingau – lag Berlin.

„Habt ihr alle Pakete mit? Die Pfirsiche dürfen nicht matschig werden. Grüßt auch Tante Hedwig! – Sind Tüten da, wenn den Kindern schlecht wird? Fahrt vorsichtig. Tankt vor der Grenze! – Habt ihr denn die Pässe?"

Die Worte meiner Mutter, die wegen ihres Rheumas bestenfalls in Kliniken reiste, sind Mitte der 60er Jahre an der Straße verhallt. An zwei Stöcken stand sie auf dem Bürgersteig, wenn wir, mein Vater, meine Schwester und ich, in Richtung Alexanderplatz aufbrachen. Die Reisepässe, die Tage zuvor zusammengesucht, auf ihr Gültigkeitsdatum hin geprüft wurden, waren das Wichtigste und lagen als westdeutsche Rettungsringe gegen ostdeutsche Bedrohlichkeiten ab Fahrtbeginn griffbereit im Handschuhfach. Man reiste nicht nur als Verwandter zu Verwandten, als Mensch zu Menschen, sondern – wie es die Weltgeschichte bewirkt hatte – als Klassenfeind durch das Land des Klassenfeindes.

Da es noch kein Transitabkommen gab, reisten wir gen Berlin im frühesten Morgengrauen ab. Es war nie abzuschätzen, was einem am Kontrollpunkt Marienborn oder dann an Dreilinden in Berlin widerfahren konnte. Es waren nie erfreuliche Abenteuer, in die man auf den Kontrollpisten Mitteleuropas hineingeraten konnte.

Meinem Vater am Steuer rann bereits im Westen der Schweiß.

Wir Kinder harrten gespannt der grünen Grenzmänner, die sich eine knappe Stunde nach unserer Abfahrt aus der Heide mit grauen Kunstpelzmützen zum Autofenster herunterbeugen würden.

War das bei allen Autos bis in die 60er Jahre so? Im Fahrgastraum unseres Ford 17 M mit roten Sitzen ohne Anschnallvorrichtungen roch es immer ein wenig nach Benzin. Aus dem Kofferraum und den Sitzen im Fond duftete bei den Berlin-Fahrten noch anderes: fünfmal Apfelsinen, fünfmal gemahlener Kaffee, fünfmal Kakao, fünfmal Kognak, fünfmal Zigarillos, Puddingpulver, Pfirsiche, *Sprengel*-Schokolade aus fünf Kartons für fünf Familien.

Vor dem Erreichen von Helmstedt/Marienborn durchquerten wir das frühmorgendliche Wolfsburg. Italienische Gastarbeiter, die zu Fuß oder auf Mopeds durch die Tore des VW-Werks fuhren, Ausländer, die uns sonst nicht interessierten, wurden durch die Grenznähe, die Nähe zum anderen System, ein wenig zu freundlichen, harmlosen, eigentlich sogar zu brüderlichen Miteuropäern – im Vergleich zu den kommenden Grenzposten. Ein Sizilianer, sonst schlicht als *Itaker* abgetan, der im Morgennebel an uns vorbeifuhr, konnte mit einem Mal mehr ein Vertrauter und verständiger Helfer sein als der deutsche Leutnant der Grenztruppen an der DDR-Staatsgrenze West.

Hinter den drei, vier Kilometer langen Werkshallen mit vier Industrieschloten, hinter dem weitläufigen architektonischen Unglück Wolfsburg tauchten erste Grenzhinweisschilder auf.

Wer nun, ab hier, in vollbesetzten Autos mit Obst, Kaffee, (auch im Westen brandneuen) Dosensuppen, Pralinen, Schnäpsen bis unters Dach weiter auf der angezeigten Strek-

ke blieb, der wollte gleichfalls hinter den Eisernen Vorhang.
Schon hier, ein paar Kilometer vor den ersten DDR-Beamten, zeitigte die Staatsgrenze West einen Solidarisierungseffekt, den ihre Erbauer nicht beabsichtigt hatten und der Walter Ulbricht und dem FDJ-Führer Erich Honecker wahrscheinlich auch gleichgültig war: Westdeutsche näherten sich dem Gefahrenmoment, dem Augenblick, in dem Bankkonto, Zivilstand, Toupet oder Glatze, Allgemeine Ortskrankenkasse, CDU- oder FDP-Mitgliedschaft nichts mehr nützten, wenn auf DDR-Gebiet ein DDR-Grenzer sie erst einmal aus der Kolonne herauswinkte. Vor der Grenze also, der stets denkbaren Zerlegung des Westautos in seine Bestandteile, bildete sich im Morgengrauen eine minimale Schicksalsgemeinschaft von Insassen der beladenen Autos mit Kölner Nummer, mit KS für Kassel oder dem GF Gifhorns. Leute, die sich nicht kannten, nie kennenlernen würden, die sich im Stadtverkehr seinerzeit gerne den Vogel zeigten, überholten sich nun nicht mehr hastig, duldeten langsamere Fahrer vor sich – Mit-Westler! – blickten einander durch die Scheiben ahnungsvoll an, wenn ein Fahrer Richtung Magdeburger Verwandtschaft einen Fahrer und Trockenhauben-Überbringer für Leipziger Verwandtschaft sich einfädeln ließ.
Die sich nähernde DDR-Grenze erzeugte Abschiedsstimmung im Anblick der properen Vorgärten Helmstedts. Die Grenze ließ zu den westlichen Uniformträgern vor dem Niemandsland unweigerlich ein positives Verhältnis aufkommen. Mögliche Schikanen an der sozialistischen Grenze, das Wissen um das menschenverachtende Minenfeld, den Schießbefehl nur ein paar hundert Meter weiter, werteten die Grenzwächter des Westens ungeheuer auf. Der edelmütigste Pazifist und Uniformenhasser mußte in diesem Übergangsgebiet wohl zugeben: Es ist nicht ganz schlecht, daß auch auf der niedersächsischen Seite jemand mit Fernglas und Sprechfunkgerät steht.
Grenzpfahl der Bundesrepublik.

Dunkler Asphalt, plötzlich abgelöst von alten Betonplatten. Die Natur, das Gebüsch links und rechts bleibt sich gleich, wechselt nur scheinbar vom kapitalistischen Grün ins mattere sozialistische Grün über.
Hammer und Zirkel, die Einheit von Faustarbeit und Geistarbeit, wehen überm Straßenrand.
Die Beton-Fahrbahn verbreitert sich. Holz-Schilder fordern zum Einordnen für den *Reiseverkehr* in die *Deutsche Demokratische Republik*, zur *Hauptstadt der* DDR auf, zeigen sogar die Richtung *Warszawa*/VR *Polen*. Die gewaltigen, flachen Blechdächer der Abfertigungshallen kommen. Alles ist in Neonlicht getaucht, die Kabäuschen, in denen die Uniformierten mit Kunstpelzmützen sitzen, die abgedeckten Fließbänder, welche die *Reise-Dokumente* vom ersten Kontrolleur zum zweiten Kontrolleur befördern, viele uniformierte Frauen, die um sieben Uhr früh nach der Nachtschicht ein Kontrollhäuschen abschließen, um über Fahrspuren zu einem DDR-Personalraum zu gehen.
Natürlich, die meisten DDR-Bürger sahen diese Grenzeinrichtungen ihres Staates nie. Schon Kilometer davor begann für sie das Sperrgebiet. Die kostspieligen Kontroll- und Abwehranlagen waren vom Harz bis zur Elbe die einzige durchgehend belebte, Tag und Nacht beleuchtete Baulichkeit, eine Art pervertierter Großstadtbetrieb, durch den, inmitten stiller Landschaft, Millionen von Menschen geschleust wurden.
Konnte man einen ursprünglichen, ängstlichen Haß auf alles Uniformierte entwickeln, dann hier. Hier, unter den Blechüberdachungen verspielte die DDR ihr mögliches Ansehen. Hier ließ sie Einreisende unvermittelt hoffen, daß auch Frankreichs *Force de Frappe* den Block der Volksarmeen hinter der Elbe halte. Hier empfand man deutschen Untertanengeist in allen Variationen: Bei den Menschen, die Reisende barsch heranwinkten, bei sich selbst, wenn man schon *vor* jeder Aufforderung den Paß hinhielt.
Die ersten Anfahrten auf Berlin verschwimmen vor meinem Auge. Mit Sicherheit trug ich kurze Hosen oder lange mit

Bügelfalte, hatte ich einen Bürstenhaarschnitt, saß ich halb neugierig, halb eingeschüchtert sechs-, siebenjährig auf dem Beifahrersitz des *Ford 17 M* und sah, wie haßerfüllt mein Vater das Autoradio ausstellte, um durch die unbeschwerte Musik aus dem Funkhaus Hannover keinen Ostbeamten zu verschärfter Kontrolle zu reizen. All das: eine Umgebung, Verhaltensweisen, Rituale auf der annähernd niedrigsten Zivilisationsstufe.

Die Grenze gebar Westdeutsche, die hier zu ihrer popeligen Bundeshauptstadt am Rhein, auch zum belächelten Bundespräsidenten Lübke ein grundlegend bejahendes Verhältnis gewannen. Vielleicht bewirkte der unangenehme Grenzdienst bei den DDR-Besoldeten gleichfalls ein trotziges Bejahen ihres eigenen Staates. Sie mußten die reich gefüllten Westwagen passieren lassen, sie durften nur vergängliche Schwierigkeiten bereiten und mußten sich sicherlich ab irgendeinem Zeitpunkt daran klammern – wenn sie nicht ohnehin daran glaubten –, daß irgend etwas Sinnvolles in ihrem Kontrolltun liege, daß sie dem komplizierten, aber um so wertvolleren Aufbau des Sozialismus dienten.

Die Grenze war ein Schlachtfeld und ein Ventil, das vielleicht andernorts aufgestaute Aggressionen herausließ, aber viel öfter erst feindsinnig machte. Die DDR-Grenzer konnten die anderen Deutschen zusammenstauchen. Der Westdeutsche hinter dem Steuer konnte hingegen einem Grenzer simpel den Tod wünschen.

Legalisiert vom Abstraktum *Staat*, geschützt durch ihre Uniform und ihren Dienst-Rang, konnte die Grenzbeamtin den jugendlichen oder älteren, unappetitlichen oder smarten Westdeutschen durch ein nettes Wort oder aber durch das Wegtragen des Passes vom souveränen Mitmenschen zur Marionette machen.

Haß ließ sich an der Grenze lernen. Es ließ sich üben, Gefühle, Taten und Worte zu unterdrücken. Im Namen der Macht, für die man funktionierte und die man als Westdeutscher oder Ostdeutscher eigentlich gar nicht besaß, war vor allem jemand anderer zu degradieren. Freundlichkeiten wa-

ren nur der Luxus, den man sich leistete, nicht die verordnete Basis für den Umgang miteinander.
„Die Ausweise bitte."
„Reich' sie mal rüber."
Zumeist lief der Marienborner Wechsel von einem politischen System ins andere wohl glimpflich ab.
Machtlose DDR-Bürger und auch nicht viel mächtigere Westdeutsche konnten die Formalitäten rein sachlich regeln.
Dann ging es in der Autoschlange im Schrittempo mit kurzem Halt am letzten Kontrollposten vorbei und bald mit einem Aufatmen vorbei an roten Spruchbändern und auf die Betonplatten der Autobahn.
Dennoch blieb jeder Aufenthalt in Berlin zugeschnürt durch das Empfinden, von dem Land, das *Meister Nadelöhr* hervorbrachte, bald wieder überprüft, schikaniert und so gnädig wie zwangsläufig laufen gelassen zu werden. Einmal wurde mein Vater nachts auf der Rückreise wegen der nicht gestatteten *Ausfuhr* eines Bettvorlegers zum Aussteigen aufgefordert und mußte sich vor den Augen seiner Kinder, bei vorgehaltener Maschinenpistole, mit erhobenen Händen im Neonlicht an die Wand stellen. Ein anderes Mal – eine Lappalie der 60er Jahre, als in Liverpool *All You Need is Love* gedichtet und gesungen wurde – hatte die Zoll-technische Zerlegung unseres Autos zwischen Magdeburg und Braunschweig zur Folge, daß noch bis zu seiner Verschrottung die Rückenlehnen unverstellbar blieben. Kleine deutsche Nachkriegstribute.
Damals gab es noch keine Politessen, die in auberginefarbenen oder blauen Uniformen, mit gezücktem Strafblock von Auto zu Auto pirschten, um falsch parkende Zeitgenossen, sicherlich etwas lustvoll, dingfest zu machen. Damals gab es noch keine uniformierten Damen in den amerikanischen Streitkräften, die, wie im Golfkrieg, bewaffnet mit zur Front ausrückten. Durch Fügung waren die DDR-Grenzerinnen die ersten uniformierten Frauen, die ich sah. Die in der DDR weiter als im Westen fortgeschrittene Gleichberechtigung,

mitunter Gleichschaltung, von Mann und Frau zeigte sich im gemeinsamen Tragen des *Sterbekittels* – wie Friedrich II. von Preußen Uniformen nannte. Anstatt daß Uniformen auf der Welt weniger würden, zogen, aus diesen und jenen Gründen, spätestens ab dem Zweiten Weltkrieg also auch noch Frauen diese *Kittel* an. Und schon in Revuefilmen der 30er Jahre hatten die Husarenjoppe und die Husarenstiefel der wild durch die Dekorationen springenden Marika Rökk nie sonderlich gestanden. Noch viel weniger war das der Fall bei den Zöllnerinnen-Käppis, die der modernen NVA-Frau von Armee-Designern für den kruden Dienst in Marienborn oder beim Übergang Berlin/Friedrichstraße verpaßt wurden. Wessen Vergehen war es, daß auch noch das schöne Geschlecht im Laufe dieses Jahrhunderts zu einer Reserve von Knarrenträgerinnen oder eben zu petzenden Politessen wurde, um die man einen Bogen macht?
Die deutsch-deutsche Grenze, der Eiserne Vorhang, blieb bis zum 9. November 1989 ein Ort der Erregung und Erkenntnisse. Noch wenige Jahre vor der friedlichen Revolution in Dresden oder Leipzig verschaffte sie einem New Yorker Freund von mir einzigartige Momente, die wahrscheinlich auch bei ihm einen wehrhaften Humanismus beförderten. Bei seinem ersten Europa-Aufenthalt 1986 hatte ich David Münchens Biergärten, die Alte Pinakothek, Ludwigs Schlösser in den Alpen, das Olympia-Dach am Oberwiesenfeld schon gezeigt.
„Dann fahren wir doch jetzt nach Berlin!"
Es war die Zeit, in der Ronald Reagan seinen Landsleuten klarmachen wollte, daß östlich von West Germany, mit der DDR, das *Empire of Evil,* das *Reich des Bösen* begänne.
Die zehnstündige Zugfahrt von München in das geteilte Berlin nahm den jungen New Yorker Mikrobiologen mehr mit als mich alten Grenzkenner.
Nervös über seinen bevorstehenden Transit durch ein ihm nebulöses Gebiet, wo das urplötzliche Hissen des Sternenbanners nach dem ersten Schock zu Verhören, Verhaftungen geführt hätte, bewunderte David bis nach Ludwigstadt

im Frankenwald den niedlichen Variantenreichtum deutscher Landschaft, bestaunte die geographische Enge und sichtliche historische Tiefe der Ortschaften längs des Schienenstrangs.
Ab dem Grenzübergang klebte der 25jährige Amerikaner im fliegenden Wechsel an Abteilfenster oder Gangfenster, um nach seinen Jahren zwischen East River und Pazifikküste, zwischen Frank Sinatra und *homeless people, American dream* und *American problems,* wahrzunehmen, daß es – inklusive der Menschen auf den Bürgersteigen, Saale-Burgen auf Bergeshöhen, aufgereihten Panzern mit Rotem Stern am Geschützturm, Häusern und Wiesen – die gegnerische Welt im Osten auch de facto gab, nicht nur auf den Landkarten in den amerikanischen Nachrichten und in etwa jeder dritten, vierten Rede des US-Außenministers.
Ohne Halt rollte der Zug langsam durch Halle, durch umzäunte Bahnsteige. Wie schon in Westdeutschland gab es keine Schwarzen, keine Chinesen, keine Hispanos mehr in den anhaltinischen Straßenschluchten, deren zerbröckelnde Fassaden die Fassaden der New Yorker Bronx hätten ergänzen können. Der Anblick der *Leuna-Werke,* der beizende, gelbliche Qualm, der aus Schloten, Röhren neben den Bahngleisen durch die Ritzen der Eisenbahnfenster drang, bewirkten einen anderen Eindruck. Hier, vor dem Horizont aus Kesseln, dampfenden Hallen, rostigen Gleisanlagen und rangierenden Dampflokomotiven, in dieser Industriewelt aus den 30er Jahren in den 80er Jahren, glaubte David das erste Mal zu verstehen, daß das Hitlerreich – mit solchen kilometerlangen Industriehöllen im Hintergrund – es hatte wagen können, 1941 sogar den Vereinigten Staaten von Amerika den Krieg zu erklären.
Erschlagen vom monumentalen Grau, vom Fremdartigen, erschüttert von manchen Gesichtern aus manchen Fenstern entlang der Zugstrecke, verwirrt vom Anblick herrlicher Burgruinen, Schlössergevierten und winterlichen Städten mit dickem Bilderbuchrauch über Schindeldächern, kam David in Berlin an, ließ sich sofort mit dem Taxi an die Mauer,

zum Reichstag, fahren, sah neben dem Gebäude die Holzkreuze für erschossene Flüchtlinge und – fiel in Ohnmacht.
Das war zuviel Deutschland gewesen.

Vage sind die Erinnerungen an die Hauptstadt der DDR, an Berlin um 1965.
Der trügerischen Rückwendung nach lag immer Sonnenschein über dem berlinischen Nebeneinander von breiten Straßen, hohen Häusern, Seen, Waldungen auf hellem märkischen Sand, Industrieanlagen. Ruinen, Häusergerippe umstanden den Alexanderplatz, wo aus den Fensterhöhlen ausgebrannter Etagen Birken wuchsen. Die noch recht baufrische Kolossalität der Stalinallee rahmte wenig Autoverkehr ein und erhob sich, unantastbar siegreich, zu seiten unseres weißen *Ford Taunus* mit Westkennzeichen und Pässen der unwürdigen Neo-Faschistenwelt in unserem Handschuhfach. Aber die Via triumphalis des bis an den Ku'damm vorgerückten Siegs des Proletariats über das Morsche und Dekadente nahm ein abruptes bauliches Ende, und hinter den letzten Türmen der stalinistischen Architektur begannen wieder die finsteren Häuserfluchten mit MG-Spuren von der Schlacht um Berlin an den Balkonen, im Gesims, begannen wieder die Neubau-Areale der jungen DDR. Keine Antenne durfte Westausrichtung zeigen. Noch kein Fernsehturm mit silbriger Kugel überragte Berlin; das Gebäude der *Volkskammer* am Marx-Engels-Aufmarschplatz war noch nicht gebaut, wohl noch nicht einmal ins Auge gefaßt, so daß auch die Debatte um den Abriß dieses *Volkspalastes*, nach der Wende, noch ein Geheimnis der Sterne war.
Im Apollon-Heiligtum auf Delos wird es jahrhundertelang immer nach Myrrhe, Weihrauch gerochen haben. Die DDR lag, seitdem ich ihre Luft atmen konnte, stets unter dem Geruch von Minol-Benzin, unter dem Duft einer landesspezifischen Chemikalie, die mir, von den Kunststoffböden bis hin zum verbreiteten VEB-Scheuermittel *Pulax*, verkündete:

Jetzt bist du als geborener Klassenfeind im Fremden und ungewohnten Eindrücken ausgesetzt. Gesellschaftlich korrupt, ohne revolutionäre Struktur im Leben, nur mit kapitalistischen Wochen und Wochenenden im Hintergrund, liefen wir im Auto voller Luxusgüter unsere Verwandtschaft an.

Das Fatum hatte die Schwestern und Brüder meines Vaters zwischen Köpenick und Pankow verteilt, allein ihn im Westen heimisch werden lassen. Vielleicht war es das Wissen um dieses Roulette-Ergebnis, was das Abliefern und den Empfang von nahtlosen Nylon-Strümpfen, Vollwaschmitteln, Mandarinen nie zu einem Akt blasierter Großzügigkeit bzw. devoter Freude herunterkommen ließ. Der Güteraustausch – Hanseaten-Kaffee aus Bremen gegen hölzerne Wäscheklammern und Strohsterne für Weihnachten aus dem Erzgebirge – war eine interfamiliäre Aktion wie das Hin- und Herüberreichen von Salz und Pfeffer bei Tisch.

Die Wohnungen in West und Ost begannen bereits, sich zu unterscheiden. Im Westen wurden die ersten Hervorbringungen des Wirtschaftswunders, dünnbeinige Cocktailsessel, Trompetenschirm-Lampen, durch Gediegeneres ersetzt: Alles ererbte Mobiliar, sperrige Truhen aus dem Biedermeier, verschnörkelte Anrichten der Gründerjahre, aus Großmutters Zeiten, kamen bei uns unter die Säge, um weißen Schrankwänden, pflegeleichten Küchen mit antibakteriellem Flair und der ersten Geschirrspülmaschine des Straßenzugs Platz zu machen. Im Osten hingegen blieben die dünnbeinigen Tische der 50er Jahre in den Stuben, die manuelle Kaffeemühle auf dem Küchenschrank stehen und wurde nach einem neuen, dichten Schlauch für die Wäscheschleuder Ausschau gehalten. Westdeutschland walzte in Stadt und Land mit Modernisierungsschüben die überkommene Vielfalt nieder; wo der Sozialismus nicht nach dem Reißbrett baute, blieb der Osten altmodisch-traulich. Die Schreibtischlampe von 1935 oder von 1952 warf ein gelberes Licht als die neue westdeutsche Stubenleuchten-Ballung. Der Rauchtisch mit geschwungenen Beinen, der im Westen dem

letzten Brennholz überantwortet wurde, blieb bei einem Rentner in Berlin oder Merseburg bis zum Ableben unverzichtbar.
Es war schön in Ost-Berlin.
„Da seid ihr ja endlich! Wart ihr lange unterwegs?"
„Elisabeth hat aber den Winter hervorragend überstanden!"
„Macht keine Witze! Wie seid ihr durchgekommen?"
„Ach, wir brauchten nicht einmal den Kofferraum aufzumachen."
„Es wird ja besser, ich sag's euch. Kommt rein."
„Wir müssen noch den Wagen ausladen."
„Ach, das machen wir später. Erst mal einen Kaffee."
Mit gewaltigem Hallo ging es von Familienstützpunkt zu Familienstützpunkt, von Magistratsbezirk zu Magistratsbezirk und ins Innenleben der Republik. Ich saß am liebsten auf einem Sofa zwischen meinen Tanten und meiner Schwester, prüfte sofort die Vielfalt der Unterrockspitzen und hörte Eigentümliches:
Trotz wiederholter Vorladung zum Schulleiter war Onkel Richard auch im verflossenen Jahr nicht „Genosse" geworden und wurde also bei Beförderungen im Schuldienst weiterhin rechts liegengelassen. Richard wollte einfach nicht „in die Partei". Während es meinen Vater bei der bloßen Nennung des Begriffs *Genosse* schlicht und unbewußt durchzuckte, hatte sich die parteipolitische Anrede in den Ost-Berliner Wohnzimmern längst eingebürgert. Ebenso verhielt es sich mit dem Kürzel „SU", dem der Westen immer noch mit der törichten Bezeichnung „Rußland" hinterherhinkte. Auch die DDR, die vom Gros der Verwandtschaft nie erdacht worden wäre, hatte sich als Umschreibung einer Heimat eingenistet.
„Ach, Ferien haben wir natürlich in einem Lehrerheim in der DDR gemacht" – das klang wie das keineswegs fühllose Bekenntnis zu einem dreirädrigen Auto, mit dem man ins Morgen unterwegs war.
Blitzeblank, staubfrei präsentierten sich die Bürgerwohnungen, womöglich noch gewienerter als im Westen. Dem we-

nigen bleibenden Eigentum gegenüber, einem Teppich etwa, gab es keine Nachlässigkeit und Ex-und-Hopp-Mentalität. Die Schrankwand, die da war, hatte wie neu zu bleiben. Was sich abzeichnete, war die spezielle Zweigeteiltheit des internen DDR-Lebens. Die gehegte und gepflegte Privatsphäre, die weiße Sonntagstischdecke, das private Grün in der Laubenkolonie bekamen einen um so höheren Stellenwert, je monotoner und lästiger das öffentliche Staatsleben wurde. Mit Ausnahme von Onkel Richard, der sich zu lügen weigerte, und den meisten Tanten, absolvierte das Gros der Verwandtschaft die Anwesenheit bei Mai-Paraden nur, um dann um so definitiver die Türen zwischen ihrem *gesellschaftlichen Auftrag* und dem privaten Entspannungsraum abzuriegeln.

Politik kam bei den Mittagessen, den Kaffeerunden kaum zur Sprache, und wenn, dann leider nur als das Leidige, dem man in Ost und West ausgesetzt sei. Da wirkte bei allen Beteiligten noch der Geist, daß man als Einzelmensch in dieser Welt doch niemals etwas bewirken, abändern könne, ein Geist des verordneten Lebens.

Ich sah das erste und einzige Mal meinen Großvater väterlicherseits. Kurz nachdem auch er mich gesehen hatte – „Ach, das ist Hans!“ –, starb er. Dann gab es da ganz neue Cousins und Cousinen, die vor dem Mauerbau nicht bei uns im Westen gewesen waren. Es war ein bizarres Gefühl, mit ihnen durch Wohn- und Kinderzimmer zu stieben und zu wissen, daß sie mit mir niemals auf den Heuböden der Bauern, in unserer Schmiede spielen würden.

Nach und nach fielen einige Verwandtschaftsglieder aus dem Reigen der von uns Besuchten aus.

Durch indirekt übermittelte Entschuldigungsworte erfuhren wir, daß der oder die Betreffende in die Partei eingetreten sei. Dabei hatten die Westkontakte offengelegt werden müssen. Nun sei es leider nicht mehr gut möglich, sich in Berlin – wo man ja ausspioniert würde – zusammenzufinden, auch nicht mehr möglich, in den Westen zu schreiben oder zum Geburtstag Briefe aus dem Westen zu bekommen.

Manche Familienzweige, SED-Mitglieder, sah ich kurz in Wohnungen Dritter, wo es immer einige Zeit, ein bißchen Weinbrand brauchte, ehe die gewisse Entfremdung, das Partei-Gebot, sich nicht sehen zu sollen, in den Hintergrund traten.

„Tach, Helmut."

„Tja, Tach, Hans ..."

„Wie geht's so?"

„Ja, es geht so."

„Wir haben euch was mitgebracht."

„Ah, das ist nett ..."

Ihre Trabbis hatten diese Verwandten immer weit entfernt geparkt.

Ich spielte. Meine gleichaltrigen Cousins wollten *Fury, Lassie* sehen; ich plädierte – zu ihrem Unverständnis – für die Abenteuer der Kosmonauten bei Professor Flimmrich. In beiden Fällen wirkte die Anziehungskraft des Fremden, entgegengesetzt.

Konfliktfrei und grandios war es im Pionierpark. Als Mini-Virus des versinkenden, dekadenten Westens mischte ich mich dort, von den Ost-Berliner Altersgenossen unerkannt, in die Thälmann-Scharen, planschte und tummelte mich zwischen ihnen im wunderbaren Freigelände wie irgendwer, der der Jugendweihe entgegenstrebte, während ich daheim im Religionsunterricht die Flämmchen des Pfingstwunders malte. Weiße oder gelbe Brause waren ein Hochgenuß. In der Schlange vor der Würstchenbude deutete nichts auf die Aufspaltung in spätere Soldaten der Nationalen Volksarmee und Soldaten der Bundeswehr – beziehungsweise Zivildienstleistende. Wir hießen und waren nur Uwe, Kai, Hans, Patrick und Rüdiger.

Nur einmal trug ich beinahe zu einem Unglück im seenreichen Köpenick bei. Aus dem Wohnzimmerfenster meiner Tante Elisabeth rief ich quer über die abendliche Straße, wo meine Schwester mit unserer Cousine Seil sprang: „Kommt hoch ... Tante Elisabeth will noch vor der *Tagesschau* essen ..." Tante Elisabeth sprang mich von hinten an, riß mich vom Fenster, riß den Fensterflügel und die Gardine zu. Da sie ohnedies von Nervosität geplagt war, blieb sie, auf *Staatssicherheits-Schritte* horchend, abendbrotlos anderthalb Stunden im Flur stehen. Obwohl der Empfang von ARD und des neuen Zweiten Deutschen Fernsehens verboten war, blieb eine Denunziation aus, und meine Tante wurde weder verhört noch gar hinter Schloß und Riegel gebracht.

Auf der Spreewaldfahrt am nächsten Tag auf einem Schiff der Weißen Flotte rauchte sie wieder normal erregt die teure *Duett*-Zigarette für die Dame, den edelsten Tabak aus Georgien, und ich erblickte weite Flußarme, dunkle Uferböschungen und Baumkronen, die sich überm Wasserlauf zum lichtdurchwobenen Spreewald-Blätterdach schlossen.

Sommerliche Freizeit und Freiheit.

Der Geruch einer herausstechenden Chemikalie.

Brause, Knackwürste und Kuchen.

Rote Spruchbänder unter alten Fenstern.

Schlangestehen im Gemüseladen zwischen fremden Menschen.

Anderes Geld in den Portemonnaies.

Ungewollt wurde die DDR für mich zu einem Reich, in dem stets etwas anderes zu erleben war als daheim oder bei einer Fahrt mit meinen Eltern nach Braunschweig. Es wurde das eigenartige, dann das verwunschene Deutschland – eine haltlose Umschreibung.

Die Rückreisen in den Westen hatten ihre Bedeutung.

Die nämlichen Grenzer mit ihren unfreundlichen, bestenfalls sachlichen Anordnungen, sie für den Vergleich mit dem Paßfoto „gefälligst" frontal anzuschauen, wobei einem immer leicht die Lippen zitterten, wurden bei der Ausreise für uns sowohl unerheblicher als damit auch störender. Sie konnten nun keine Einreise mehr verweigern, bloß noch die Heimreise ins Gelobte Land minimal verzögern. Nicht mehr sonderlich devot, vielmehr unwillig, bereiter zum Zank, saßen die Westautofahrer nunmehr am Steuer. Doch seit den Ausreisen aus der DDR begleitet mich jedes Mal ein großes

Aufatmen beim Verschwinden eines an mir interessierten Uniformierten aus meinem Gesichtskreis.
Von einem Straßenmeter zum anderen fand der Übergang vom verwunschenen Deutschland ins „normale" Deutschland statt. Auf Betonplatten folgte Asphalt, bis dahin undeutliche Mittelstreifen waren mit einem Mal wieder fette, weiße Striche. Nach dem mehrstündigen Autobahndahinrumpeln gen Westen fuhr der Wagen nun wieder sanft, schnell.
Mit Helmstedt kam aber auch wieder der Alltag näher.
Nach den gewissen Lustbarkeiten des Ostens war das die Volksschule, war das die Straße, an der wir ewiglich wohnten. Für meinen Vater war es ein Leben, das die Verwandten im Osten nicht führten, das ihnen bei ihren durchweg abhängigen Anstellungen fremd wurde. Als Kleinunternehmer kannte mein Vater keine Trennung von Arbeitszeit und Freizeit. Für Kundschaft mußte er auch abends, am Wochenende parat sein: „Von nichts kommt nichts." Er mußte auf den Dörfern Bauern zu Bier und Bregenwurst einladen, damit sie eine Egge bei ihm kauften und nicht bei der genossenschaftlichen *Saatbau- und Viehverwertung*. Er mußte Bauherrn Kostenvoranschläge für Gartentore und Zäune vorlegen, trotz rückwirkender Tariferhöhungen für drei, vier Angestellte die bestellte Ware zum vorher vereinbarten Preis liefern.
Daheim herrschten Streß, Vorzüge der Marktwirtschaft im Kleinen. Aus dem Osten hingegen, wo die Privatinitiative zum Stillstand gebracht worden war, erreichten uns zu Pfingsten oder im Sommer pünktlich die Urlaubsgrüße aus Erholungsheimen in Thüringen oder an der Müritz, und man kommentierte sie stets mit: „Denen geht es gut. Wieder Ferien."

Nach menschlichem Dafürhalten bis auf undenkliche Zeit blieb die Ost-West-Grenze in unserer Nähe. Ob bei Tag oder bei Nacht – zuweilen knallte es dort, detonierte etwas. Niemand wußte, ob Wild auf die Minen geraten war oder ein Mensch.

„Preise Dein Glücke, gesegnetes Sachsen,
Weil Gott den Thron Deines Königs erhält.
Fröhliches Land,
Danke dem Himmel und küsse die Hand,
Die Deine Wohlfahrt noch täglich läßt wachsen
Und Deine Bürger in Sicherheit stellt."

Johann Sebastian Bach komponierte auf diese Worte des Leipziger Stadt-Poeten Johann Christoph Clauder den Eingangs-Chor seiner *dramma per musica: Preise Dein Glücke.* Die Festmusik, in der Tenor, Baß, Sopran und Chor sich wechselseitig im Jubel auf die Herrschaft des Kurfürsten von Sachsen und gleichzeitigen Königs von Polen ergehen, wurde 1734 in Gegenwart dieses Monarchen bei der Eröffnung einer Leipziger Messe uraufgeführt.
August III., der älteste legitime Sohn Augusts des Starken, vernahm im Fackelschein des Leipziger Rathausplatzes folgenden Hymnus auf seine erst ein Jahr lang währende Regentschaft:

„Freilich trotzt Augustus' Name,
Ein so edler Göttersame,
Aller Macht der Sterblichkeit.
Und die Bürger der Provinzen
Solcher tugendhafter Prinzen
Leben in der güldenen Zeit."

Dies schmetterte und tirilierte in Bachscher Polyphonie in die Leipziger Oktobernacht: Das bei den Messieurs Clauder und Bach vom Rath der Stadt bestellte Jauchzen, die barocke Apotheose des Kurfürsten-Königs, fand im Laufe der Regierungszeit Augusts III. nur teilweise seine Rechtfertigung. August herrschte bis 1763 nicht wirklich selbst, sondern er überließ die Regelung leidiger Staatsgeschäfte in Dresden und Warschau seinem Ersten Minister Graf Brühl. Militärpolitisch endete die hochgejubelte Ära im Ruin Sachsens, in der endgültigen Unterordnung unter Preußen, in der Auflösung des großen sächsisch-polnischen Staatsverbunds. In drei Kriegen, unter anderem dem Siebenjährigen, konnte Friedrich der Große den deutschen Staatskonkurrenten, Sachsen, in die Knie zwingen. Doch die Zeit Augusts III. und Heinrich von Brühls hinterließ eine kulturelle Erbmasse. Zwischen 1733 und 1763 wurde die Dresdner Gemäldesammlung bis hin zur Weltgeltung komplettiert. Die Dresdner Hofkirche wurde erbaut. Die sächsische Hauptstadt wurde zu einer europäischen Metropole des Gesangs, der Oper, der Festlichkeiten. Unter August und Brühl, in der Nachfolge Augusts des Starken, gewann Dresden – bis zu seiner inzwischen vergessenen Einäscherung durch Friedrich den Großen im Jahre 1760 – den Ruf, neben Paris, Venedig, London das amüsanteste, luxuriöseste, eben lebenswerteste Pflaster des Abendlandes zu sein. In jeder Hinsicht etwa das Gegenstück zum emporstrebenden Berlin mit seinen Exerzierplätzen.

Ich bin 1956 geboren.

Insofern war ich nie ein Untertan Augusts des Starken oder einer des müßiggängerischen August III. und seines bemerkenswerten Ministers Graf Brühl. Aufs heftigste, in einer eigentümlichen, sicherlich aber verständlichen Weise spielten diese historischen Gestalten von der Elbe, aus dem Gebiet des deutschen Orients, nichtsdestoweniger in mein Leben hinein. – Die erste Frau, um die ich weinte, war die Gräfin Cosel, die 52 Jahre lang gefangengesetzte Mätresse Augusts des Starken; mein erstes Auto, einen hellblauen *Käfer*, nannte ich *Brühl* – also nach dem Politiker, der sächsischen Ruhm darin gesehen hatte, sich über der Elbe in Dresden einen Festsaal zu bauen, der „siebzehn Ellen" länger war als der Spiegelsaal der Könige von Frankreich in Versailles.

Gab es einen Drang, mich als Zuschauer, der zufällig im Westen geboren war, hinter dem Eisernen Vorhang zu tummeln, so ist er auf eine Jahre währende regelrechte Saxomanie zurückzuführen.

Als Zehn-, Elfjährige reisten die meisten Klassenkameraden des Gymnasiums Hankensbüttel – das 1947 von vertriebe-

nen Lehrern in einem Schafstall gegründet worden war – mit ihren Eltern in den Schulferien an den Gardasee, auf die Nordsee-Inseln oder ins Spanische. Dergleichen stand in unserer Familie nicht zur Debatte. Meine Mutter war durch ihr Rheuma bis zu ihrem Tod an den Rollstuhl gefesselt. Familienurlaube waren nicht mehr durchführbar.
Ich fuhr nach Sachsen.
Eine Freundin meiner Mutter erbot sich, mich zu ihren Verwandten mitzunehmen.
Der Osten wollte mich. Wer ahnte, was dieses Angebot auslöste? Statt zum Schmied, zum Fußballer bei *Hannover 96* machte es mich … zum Schreiber dieser Zeilen und Abschnitte.
„Nimm ihn mit rüber."
„Ihr bekommt ihn heil zurück."
Vor dem Erwachen sonstiger Begierden, Süchte, ging es irgendwann im August 1967 mit Tante Ursel los. Von Niedersachsen über Sachsen-Anhalt bis nach Sachsen war es ein kühler, regnerischer Sommertag. In diesem Fall weiß ich es. Ich trug gemusterte Kniestrümpfe, eine blaue Klubjacke mit Goldknöpfen und einem Phantasiewappen auf der Brusttasche und eine neue Schirmmütze aus Pepitastoff. Hin nach Dresden stand mir meine bis dahin längste Zugreise bevor, und in Waggons mit Einzelabteilen, Schiebetüren hatte ich zuvor auch nie gesessen. Die gehörten der – auch momentan noch nicht umbenannten – *Reichsbahn.*
Wir stiegen in Wolfsburg zu. Es waren ansonsten vornehmlich Rentner, nein, fast nur Rentnerinnen, die den *Interzonenzug* bevölkerten und über Familienbindungen einen Ost-West-Kontakt aufrechterhielten. Die grünen Waggons ohne Komfort, ohne Speisewagen rumpelten los. Die Kontrollmenschen in Oebisfelde, die auf Menschen abgerichteten Schäferhunde, die unter den Wagen schnüffelten, die Suche nach illegal Einreisenden – wer wollte eigentlich illegal *in* die DDR? – auch im Hohlraum zwischen Gangdecke und Waggondach, das Durchstöbern von Reisegepäck zeigte an, daß es wieder ins Fremdartige hineinging.

Berlin kannte ich bereits. Doch hatte die weitläufige Stadt in mir keinen bestimmten Eindruck hinterlassen. Das war nun mit den Städten auf der Strecke nach Dresden/Neustädter Bahnhof anders. Wie David aus New York zwanzig Jahre später, klebte 1967 ich an den Zugfenstern.

„Das da, das ist Gottes Erzerne Kanzel!"

Wie durfte man einem leidlich empfänglichen Viertelwüchsigen derlei gewaltige Begriffe sagen? Es muß eine der Rentnerinnen im Abteil gewesen sein.

Was sie meinte, das war Magdeburg, das bis zu seiner Verwüstung im 30jährigen Krieg eine Hauptbastion der Protestanten gewesen war – *Gottes Erzerne Kanzel.*

Mit den großen Elbbrücken kam Magdeburg, kam der zweitürmige Domklotz auf uns zu. Daß der Osten dunkler, mystischer sei als alles im Westen, schien sich zu bestätigen. Magdeburg im Jahre 1967 war düster, finster, wirkte so als hätte das letzte alliierte Bombergeschwader erst vor wenigen Tagen über der Stadt seine Sprengfracht abgeladen. Unter vielen kaputten Dächern waren die Fensterscheiben verrußt, und die Dampfloks mit Kohletender, die es weiter westlich nur noch als Spielzeugeisenbahn-Modelle gab, qualmten wohl zu Dutzenden vor lädierten Lokschuppen. Gottes Erzerne Kanzel war ein Ort trauriger Häuserzeilen, Brandmauern, auf denen noch Firmennamen, Werbeschriften der 20er Jahre zu erkennen waren. *Schuhe – bei Carl Weber & Sohn, Stendaler Straße …*

Auf dem Weg in den Südosten, weiter in Richtung Dresden, Görlitz an der Neisse, blieb es bei der eindrucksmächtigen, gigantischen Dunkelheit der Städte, Orte.

Halle, hinter Köthen, unterschied sich in der Eindringlichkeit des Zerfalls, der Strenge, Tragödie nicht von Magdeburg. Wie gefallene Giganten lagen diese alten Orte um die Gleise. Zu den hohen, stolzen Kirchtürmen, dem reichen, aber eingedunkelten Fassadenschmuck paßten die in den Schienen schlenkernden, grell quietschenden Straßenbahnzüge neben dem Gleisfeld der Bahn nicht. Zwischen früherer Urbanität und dem nun hier sichtbaren Leben schien ein enormes Gefälle zu bestehen. Ein ruhiges, gepflegtes, etwas sonniges – bürgerliches – Leben war im Anblick Halles kaum mehr zu imaginieren. Man sah die Tragödie der Städte, man sah die Tragödie der DDR, wenn ein Spruch vor einer unvergleichlich mürben Fassade verkündete: „Der Sozialismus siegt!" Das tat er – wie man sah – nicht.

Daß der Zug nach einigen Stunden langsamer Fahrt unter die Dächer des riesigen Hauptbahnhofs eingefahren war, wurde mir erst durch einen zufälligen Blick auf ein Messe-Plakat klar. Aus einem Lautsprecher war nur ein rätselhaftes „Läbsch!" zu hören gewesen.

Wurzen, Oschatz, die Schlote von Riesa.

Wir näherten uns Dresden.

Vor der Reise hatte ich in einem kleinen Konversationslexikon die kurze Eintragung über Dresden gelesen: knapp 600000 Einwohner, Zwinger, elektronische Industrie, Hygienemuseum ..., fast vollständige Zerstörung der Stadt am 13., 14. Februar 1945. Schwankende Bezifferung der Toten zwischen 30000 und 150000. – Allein solche Zahlen reichten aus, um ein Inferno ohnegleichen anzudeuten. Ich hatte oder habe keinen Begriff von 30000 oder 150000 Toten an zwei Tagen in einer Stadt. Über dem Lexikon-Eintrag war ein Zwinger-Portal mit drei großen Fenstern abgebildet. Noch ehe ich selbst in Dresden ankam, hatte sich der Hinweis auf die Tausende von Toten mit der Form der halbrunden Fenster zu einem seltsamen Zeichen vermischt. Das abgebildete Zwingerfenster schien mir ein Mund zu sein, der einen Schrei ausstieß. Im Grunde bin ich es seither nicht los geworden: Wenn ich irgendwo Fenster mit oberer Rundung sehe, so sind sie für mich, solange ich lebe, Dresdens Klagefenster.

Die Begegnung mit der versunkenen wie auch verbliebenen Stadt stand aber erst noch bevor.

„Zieh deine Jacke an. Vergiß die Mütze nicht. Wir sind gleich da."

Wieder überquerten wir die Elbe.

Ja, mit Dresden, das war etwas anderes als mit *Gottes Erzer-*

ner Kanzel ein paar Stunden davor, als mit Halle, wo, nach dem Refrain eines Kriegslieds meines Großvaters aus dem Ersten Weltkrieg, „die Mädchen alle" sind.

Ich habe seit jenem Augusttag die Silhouette Dresdens, wie sie auf mich zukam, oft mit dem Panorama anderer Städte verglichen. Doch späteres Schauen auf Florenz, auf Granada, auf die Skyline von New York tat der Schönheit Dresdens keinen Abbruch. Durch Hügel, alte Villenviertel entlang der Elbe fuhren wir auf das Zentrum zu. Die grazilen Säulenetagen der Hofkirche lagen im Dunst. Neben dem feinsten aller Kirchtürme bezeichnete ein dunkler Turmhelm den sächsischen Landtag. Ein dunkles Steinschiff daneben war der Umriß der Semper-Oper. Der Rathaus-Turm ragte am höchsten empor. Ein Turmstumpf zwischen spitzen Giebeln waren die Trümmer des Hausmannsturms des Königsschlosses. Unweit dieser Silhouette spannte sich die damalige Dimitroffbrücke, die ehemalige und jetzige Augustusbrücke, über die Elbe, auf deren anderer Flußseite geschwungene Konturen die Dächer des Japanischen Palais anzeigten.

Eine solche Grandezza von Architektur, ein so gelassenes Nebeneinander von Werken aus Stein, lose von fernen Hügeln umfaßt, hatte ich noch nie gesehen.

Das royale Dresden überwältigte mich vom ersten Blick an. Kein heruntergekommenes Haus entlang des Bahndamms, kein optimistisch gemeintes, traurig wirkendes Spruchband konnten den Eindruck mindern, daß hier einmal ein einzigartiger Geist gewirkt hatte. Der Zug fuhr an einer Moschee vorbei, die alte Yenidze-Zigarettenfabrik. Selbst eine Tabakfirma war hier wie einem Märchen entsprungen.

Muß man um Nachsicht bitten, daß mir beim Anblick selbst der Reste der Dresdner Innenstadt Begriffe wie Erhabenheit, Würde, Großartigkeit des Menschen näherkamen? Vielleicht weil ich aus der flachen Heide kam, aus einer Kleinstadt mit freundlichen Bewohnern, die arbeiteten, kegelten, Beete umgruben, Autos wuschen, kamen mir die kulturellen Zeichen Dresdens sofort als das Großartige vor, als das

Wichtige, das Bleibende, das Würdigste, Anspornende, das unsinnig Schöne.
Es war der erste Kuß der feinen Größe, zu der der Mensch fähig ist. Und hier hatte die Bombennacht, von der Überlebende kaum berichteten oder berichten wollten, weil sie unbeschreiblich war, stattgefunden? Ich ahnte schon bei der Einfahrt in Dresden, daß sich bei der Zerstörung eine kaum vergleichbare Verkehrung von Zivilisation zugetragen haben mußte. Doch Beschwerde kann nicht geführt werden: Jahre vor jenem Aschermittwoch 1945, an dem Zehntausende verbrannten, hatte Göring „die Ausradierung" der Städte Englands befohlen ... Es wäre lächerlich, zu sagen, daß Dresden mich mit der Eitelkeit alles Menschenwerks vertrauter gemacht hätte. Viel einfacher sprach es auf Anhieb nur von viehischer, nein, menschlicher Zerstörungswut.
Meine Reise-Tante, die Freundin meiner Eltern, beugte sich aus dem Fenster des langsam in den Bahnhof einrollenden *Interzonenzugs:*
„Onkel Gottfried und Tante Klara warten schon!"
Wieder Verwandte, diesmal falsche. Doch vom Lande kommend, aus großer Sippe, war ich bei der Einbeziehung neuer Gestalten in mein Tun und Lassen nicht kleinlich. Ich galt im Bedarfsfall als wohlerzogen, natürlich als etwas verträumt, als ein etwas verspielter Schüler, als hilfsbereit und an den Schürzen hängend, nicht als der geborene Schmied, jedoch als junger Laien-Koch, und würde auch in Sachsen einen vorzeigbaren West-Neffen abgeben.
Noch benommen vom ersten Eindruck der Stadt Dresden im Dunst, wurde ich von Schwester und Schwager meiner Ferien-Tante in die Arme geschlossen. Der imposante, gebräunte und sächselnde Onkel Gottfried hatte Narben, Schmisse im Gesicht. Er war *verstaatlichter* Tierarzt auf dem Land und Mitglied einer schlagenden Verbindung des alten Leipzig. Der Austausch der ehemaligen Korps-Studenten, ihr Zusammenhalt funktionierte über alle Grenzen hinweg im stillen, da Burschenschaften – nach dem Verbot durch die Nazis – in der DDR wieder verboten worden wa-

ren. Sie galten 1933 als Horte elitärer Freigeisterei, 1949 als revanchistische Bünde.

Mit dem gewohnten Sack und Pack für Ostreisen – Kleidung und West-Naturalien – ging es zum geparkten *Wartburg,* um den Ferienort, Haus mit Praxis auf dem Dorf zu erreichen. Der Wartburg, auf dessen Auslieferung man zehn Jahre wartete und für den man über zwanzigtausend DDR-Mark zahlte, kam mir britisch und edel vor. Das polierte weiß-blaue Chassis hatte einen geschwungenen Zuschnitt und ähnelte dem DKW-Typ, der im Westen im Verschwinden begriffen war, um immer kantigeren, verwechselbareren Wagentypen Platz zu machen. Mit dem privaten Drittwagen des sächsischen Tierarzt-Haushalts, wo außerdem ein sowjetisches Straßenschiff, ein *Moskwitsch,* und ein grauer Wartburg für Praxisfahrten zur Verfügung standen, ein Fuhrpark von Zweitaktern, ging es in mein vollkommenes Glück in Sachsen. Ich kann mich an die rein sorgenfreien, gänzlich königlichen DDR-Tage erinnern, doch jenes Lebensgefühl ist natürlich nie wieder zu erreichen.

Mit munter plaudernden, in West und Ost lebenden Schwestern, mit dem fidelen, stattlichen sächsischen Schwager, der in meinem Geburtsjahr aus zwölfjähriger Gefangenschaft in Sibirien heimgekehrt war, ging es durch das abendliche Dresden gen Dittersdorf.

„Das ist das Blaue Wunder!"

Mit tüchtigem Auspuffgeknatter und auf gewölbtem Kopfsteinpflaster, das die Körper im Wagen in Bewegung hielt, fuhren wir zwischen den Stahlstreben einer blau gestrichenen Brücke, welche die südlichen Elbufer verband. Dresdens *Blaues Wunder* ist wohl eine der großen Ingenieurstaten des 19. Jahrhunderts.

Daß die Bautzener Landstraße auch zu den Haftanstalten von Bautzen führte, daß sie innerhalb Dresdens an den Gebäuden der *Staatssicherheit* vorbeiführte, wußte ich damals nicht.

Sie schlängelte sich hügelan, und ich sah linker Hand, rechter Hand vornehmlich alte Villen mit Gärten, schönste Residenzen der Gründerzeit, des Jugendstils. Die großen Anwesen, Parks sahen trübe, verwahrlost aus, was ihre Märchenhaftigkeit steigerte. Mir wurde erklärt, daß die Schlaglöcher, die Krater in der Straße von den tschechischen Straßenbahnwagen herrührten, die zu schwer konstruiert wären. Ihr alle halbe Stunden vorbeifahrendes Gewicht lasse nach und nach auch den Fassadenschmuck auf die Gehwege bröckeln.

„Und dies ist der Pionierpalast."

Ich blickte nach rechts. In solchem Gebäude hätte ich zwar nicht Pionier, aber pflichtenloser West-Attaché sein mögen. Der Pionierpalast war in der Tat ein Palais. Mit Kolonnaden, umfunktioniertem Herrenhaus, edler Beletage lag die Stätte der organisierten Jugend auf den Elbehöhen. Ich weiß nicht, wer ehedem, zu Zeiten des letzten sächsischen Monarchen Friedrich August III., also vor 1918, hier residiert haben mochte. Es konnte der elbflorentinische Sommersitz der Familie Borsig oder Reclam gewesen sein.

Von vornherein wirkte Dresden, viel mehr als Berlin, wie ein Atlantis unter den Fluten der Geschichte. Überall Zeichen des Reichtums, der Kultiviertheit, eines angenehm gestalteten Lebens – und die ursprünglichen Eigentümer waren tot oder aus guten Gründen auf und davon. Denn soweit ich weiß, hatte die NSDAP bei den letzten Wahlen der Weimarer Republik hier den höchsten Stimmenanteil in Deutschland errungen.

Rechter Hand, auf dem Wege vom Stadtzentrum nach Dittersdorf, zeigte sich ein Rundtempel. Hier lichtete sich die Bebauung, schoben sich Vorgärten ins Blickfeld. Vom Tempel und von der Straße aus blickte man über Elbflorenz im Tal. Wieder war es der filigrane Turm der Hofkirche, der Stadt und Land bis zum Horizont den Akzent von Feierlichkeit verlieh. Hatte Architektur, hatten die feinsten Hervorbringungen der Menschen eine Wirkung auf die Wahrnehmenden, mußten sich – dachte ich mir – alle Dresdner für alle Zeit mit „Enchanté" und einem Hofknicks begrüßen. Was unterhalb des Turms im Abendlicht verschwamm –

dunkle Figuren – waren die Sandstein-Statuen auf der Attika, dem Dachkranz des Kirchenschiffs.

Der Tempel, der Ausblick blieben hinter uns zurück. Von dort aus hatte man die Stadt verbrennen sehen können. Bei dem zweigestuften Angriff waren zuerst Sprengbomben abgeworfen worden, um die Dächer abzudecken. Dann, tags darauf, kamen die Phosphorbomben, die durch die Dachstühle in die Häuser fallen konnten.

Wir passierten Rossendorf. Dort stand eine Art Ei in der Gegend. Im Westen hatte ich 1967 noch nie von Atomspaltung und Atomenergie gehört; nun hieß es: „Von hier bekommen wir Kernenergie." Uns Vorbeifahrenden war noch nicht im Ansatz klar, was das für die Gene um Rossendorf bedeuten konnte.

Am *Volksgut,* einem vormaligen Adelssitz, vorbei, erreichten wir das Elysium – Dittersdorf.

Im hügelumsäumten Straßendorf besaßen meine neuen Verwandten ein großes, altes Haus mit Vorgarten, weitem Garten, Garagen-Scheune für Moskwitsch und Wartburgs, einen schönen Schuppen mit säuberlich gestapeltem Brennholz für nicht zentral beheizte Kachelöfen; vor all dem führte die gepflasterte Dorfstraße entlang; hinter dem stattlichen Besitz floß der östliche Dorfbach. Was konnte einem Kind mehr geboten werden als vier lange Sommerwochen, um sich auszutoben am Bach, auf Dachböden zu spielen und nachts zu schlafen wie ein gefällter Baum. Das große Haus war sauber und verwinkelt, wirkte auf mich sächsisch, war wunderbar unsaniert. Statt Kunststoffböden gab es alte Fliesen, das Büro hieß noch Herrenzimmer, vom Keller her duftete es nach feuchtem Stein, halbrunde Treppen, mit Bildern von Dresden an der Wand, führten zu Zimmern mit grünen Kachelöfen, die unverheizte Kommode von der Jahrhundertwende trug eine voluminöse Keramikvase mit Gladiolenstrauß. Die Kanalisation fehlte im größten Teil des Kreises Sebnitz noch. Zuerst etwas ratlos stand ich vor dem Klo mit großer Emaille-Wasserkanne daneben. So konnte man also auch spülen!

Hier lebte es sich weniger modernisiert als im Westen, aber weiß Gott nicht unangenehmer. Zwar war die Tierarztpraxis enteignet worden, aber die Schwarz-Therapie für das private Kleinvieh der LPG-Bauern florierte. Sie klingelten, sie kamen mit Katze und Hund und brachten neben DDR-Mark auch gerupftes Federvieh, Kürbishälften, Gurken, Landeier als Honorar mit. Der evangelische Pfarrer, mit einem zähen protestantischen Gemeinderest, der nicht verstaatlichte Bäkker, der Tierarzt waren hier noch wer. Die ganze Erziehung zu revolutionären Menschen war über Dittersdorf und dem Umland verpufft, und die gesellschaftlich-moralischen Strukturen der Vorkriegszeit waren erhalten geblieben. Wäre der geflohene Besitzer des *Volksguts* wieder durchs Dorf geritten, die LPG-Bauern hätten sich zwar gefragt, wo die Volkspolizei bliebe, hätten aber doch sicherlich vom sandigen Straßenrand her gesagt: „Herr Baron waren lange weg. Tja, so geht's. Jetzt haben Sie hier ja leider nichts mehr. Und es ist ja auch alles ziemlich heruntergekommen."
Dank zahlreicher Verwandtschaft im Westen kamen im veterinären Haushalt, beim „Herrn Doktor" ununterbrochen Westprodukte auf den Tisch, Tee aus Friesland, Honig aus Bayern, Fischleckereien aus Bremerhaven, Kuchen, mit *Mondamin* gebacken. Es war fast die einzige Enttäuschung, hier Dinge aufs Brot zu bekommen, die mir von zu Hause bekannt waren. Stand aber die *Maggi*-Flasche neben der VEB-*Bino-Speisewürze,* griff ich mit Sicherheit und als bestaunter einziger zum Geschmackverstärker aus dem Osten.
„Was der Junge nur daran findet. *Bino* schmeckt nach Salz."
„Er ist ein Snob."
An Wochentagen wurde im Wintergarten gegessen oder unter den Gartenbäumen Kaffee getrunken. Sonntags wurde im alten Speisezimmer aufgetragen und – wie es sich für das feinere Sachsen gehörte – vom *Meißner* gespeist. Das Erbgut türmte sich in den Schränken.
Das gutbürgerliche Leben bestand in Reinkultur, war hier

unangetastet von westlicher Hektik, einer Internationalisierung oder Amerikanisierung des Lebensstils. Das Fernsehen mit seiner beunruhigenden Bilderflut spielte keine Rolle, denn hier, im *Tal der Ahnungslosen,* im Umkreis Dresdens, konnte allein Ostprogramm empfangen werden, und das interessierte niemanden. Keine Illustrierten lagen herum, keine Werbe-Wurfsendung fand sich zwischen Briefen und Postkarten unterm Briefschlitz in der selten abgeschlossenen Haustür, und das Rennen von *Edeka* zu *Tengelmann,* um Preise zu vergleichen, Preissteigerungen durch Sonderangebote auszugleichen, blieb aus, weil es nur einen einzigen HO-Laden gab – mit einer einzigen Sorte Ei-Shampoo, mit *Thüringia*-Schokolade *Zartbitter* oder *Vollmilch.*
Ich verbrachte meine Tage mit dem Bau eines Miniaturfreibads aus Holzbottich, darüber installierter Gießkanne mit Gartenschlauch, mit Spazierenführen des Rauhhaar-Dakkels, ich begleitete meinen Onkel gerne auf den Praxisfahrten.
Es ging von LPG zu LPG. Riesige, neue Stallungen vor den Dörfern kontrastierten mit niedrigen Bauernstuben und Küchen, wo das Wachstuch auf dem Tisch lag, wo Urkunden für „Vorbildliche Leistungen" bei der Aufzucht von „Rauhfuttergroßvieh" – sprich Kühen – an der Wand hingen, unglaubliche Scharen von Fliegen um die vollbesetzten Fliegenstreifen kreisten. Die Bescheidenheit in den Häusern der sächsischen LPG-Angestellten war in nichts zu vergleichen mit dem Großbauerntum in Niedersachsen.
„Tach, Hensel, das ist übrigens mein Neffe aus dem Westen. Der schaut sich hier mal ein bißchen um. Wo brennt's? Ich hab euch schon im März gesagt, daß wir die Sauen durchimpfen müssen. Ich werd' das mit der Kollegin Kreistierarzt und eurem Vorsitzenden noch mal durchsprechen. Wir müssen ran."
Die nie sehr geschäftig wirkenden LPG-Mitglieder mit massivem sächsischen Akzent waren freundlich. Sie ließen auch mich in die sozialistischen Ställe, die offenbar immer große Sorgen bereiteten. Die Massentierhaltung nach Plänen des

Bezirks sorgte für eine epidemische Krankheit nach der andern bei Rindern, Schweinen.
Außer Gärten besaßen die Bauern kein Land mehr; die früheren, kleinen Stallungen waren abgerissen oder wurden in jahrelanger Freizeit-Arbeit zu Garagen oder Zimmern umgebaut. Ohne eigenes Land gab es auch keine eigenen Landmaschinen mehr. Es ist schwer vorstellbar, wie diese Bauern nach der Wiedervereinigung wieder eigenständig werden können.
Ich war in den Dörfern der sonnige Voyeur, der elfjährige „Neffe aus dem Westen".
Aber was sollte ich machen?
Ich trug die in der DDR sehr teuren Nyltest-Hemden, Sandalen aus Wildleder, Kniestrümpfe mit kühnem, farbenprächtigem Westmuster. Selbst in meiner kleinen neugierigen Person, die zu jeder offenen Tür hineinschaute, wirkte zwischen Hühnerbatterien und Mastvieh die Aura des wohlhabenden, freien Westens. Vielleicht mit Neid, vielleicht auch nur mit Befremden oder auch gelangweilt sahen gleichaltrige, elfjährige Sachsen mich beim Misthaufen stehen, vor Ställen spazieren, stolzieren.
Es geschah unweigerlich, daß die in der DDR verbrachte Zeit mich für die Dauer der Besuche tatsächlich zum glücklichen Snob machte. Ich war das Ferienkind aus der sagenhaften Ferne.
Das bekam vor allem Renate zu spüren.
Sie war die achtzehnjährige Hausangestellte im tierärztlichen Hauswesen. Hier wurde das Mädchen aus Lohmen zwiefach ausgebildet: im Kochen und Backen und in präsozialistischen Umgangsformen: „Soll ich noch Rhabarber schneiden, Frau Doktor, oder soll ich zuerst das Herrenzimmer saugen?" Das hatte nichts mit einem Verhältnis zwischen Stubenmädchen und Herrin zu tun, sondern damit, daß es für die vereinbarte, gut und dezent ausgeführte Leistung Extra-Lohn gab, auch mal ein Geschenk für die Haushilfe. Bei der lieben Renate nun bemerkte ich, daß ich in der DDR unabwendbar zum kleinen Dandy wurde. Sie kam in

neuen Riemen-Sandalen, blickte vergleichend auf meine Wildleder-Sandalen und fragte, ob es die immer irgendwo zu kaufen gäbe. „Du, natürlich, sogar durch Versandhaus. Die haben Riesen-Kataloge", berichtete ich in gemeiner Lauterkeit. Renate schwärmte für die DDR-Schlagergrößen Frank Schöbel und die stets beängstigend sportlich wirkende Chris Doerk, Idole jenseits des Einzugsbereichs der Beatles. Es gelang der verzauberten Renate, ein Plakat – mitnichten ein *Poster* – mit Frank Schöbel in Cordhose zu bekommen, der Dinge sang wie „Ein heißer Sommer, in der Hölle ist es halb so heiß". Ich konnte mich nicht beherrschen, nach der Lobpreisung des „tollen Frank Schöbel", diesem Cliff Richard der DDR-Bezirke, neben dem Backofen anzumerken:
„Ach, bei uns fahren sie jetzt alle zu *Hair* nach Hamburg. Es grassiert ein richtiges *Hair*-Fieber. Ich glaube, es ist die Londoner Produktion, die in Hamburg läuft. *Hair*, das man sich ein bißchen bekifft anschaut, löst Freiheitsgefühle aus, daß man mit Leuten einfach lostrampt, um den Sommer auf einer griechischen Insel zu verbringen ..."
Renate stutzte. Es sagte ihr nicht viel, daß eine musikalische Theatervorstellung in der unerreichbaren Ferne offenbar in Rauschzustände versetzte Jugendliche zur Flucht unter die südliche Sonne animierte und ermutigte. Renate nahm meine Stilisierungen eines rand- und bandlosen, unablässig schwungvollen, von Neuem überquellenden Westens kopfschüttelnd unbeteiligt zur Kenntnis. *Hair*, Aussteiger-Leben auf griechischen Inseln waren ihr noch erheblich fremder als mir.
„Mein Gymnasium veranstaltet nächstes Jahr einen Schüleraustausch mit Frankreich. Dann komm' ich auch mal nach Paris ..." Natürlich war es ein Genuß, zuweilen doch ein „Nach Paris möchte ich auch einmal" hervorzurufen. Gegen meine Unterminierung der Vorzüge ihres sozialistischen Vaterlandes war Renate noch nicht so gefeit wie später meine Cousine Petra. Die schlug zurück, als ich ihr mit den Köstlichkeiten der westlichen Welt kommen wollte ...

Mit meinem Onkel kutschierte ich übers Land, zum kranken Vieh von Porschendorf, Lohmen, Dürrröhrsdorf, dem vielleicht einzigen Ort der Welt mit fünf R im Namen. Ich führte Kasimir aus und nahm mit dem Dackel gern den langen Weg durch den *Bruch*, eine Wildwasserschlucht, wo unter den Felsformierungen – Vorboten des Elbsandsteingebirges – besonders ein schräg aus dem Wasser ragender Steinklotz mich einschüchterte, anzog: die *Teufelskanzel*. Auf Nachmittagsausflügen sah ich, nein: erlebte ich die Sächsische Schweiz. Sie wird für mich eine überwältigende Landschaft bleiben. Im Wind, von den zerklüfteten Sandsteintürmen der Bastei aus, blickte ich über die Elbe, neben deren schimmerndem Bogen der doppelstöckige Zug, von oben aus gesehen noch kleiner als Spielzeug, die Strecke Berlin-Prag fuhr. Dahinter erhoben sich, vor meinem Flachländer-Blick, die Tafelberge Lilienstein und Königstein. Durch das schwenkbare Fernrohr erkannte ich zwischen Baumwipfeln auf dem Königstein Mauern, Giebelspitzen, Zinnen. Ich hörte, daß auf diesem Sandsteinmassiv eine der größten Festungsanlagen gebaut worden war. Hinter den uneinnehmbaren Zugbrücken und Wällen von Königstein hatte der Alchemist Johann Friedrich Böttger sein *Braunes Steinzeug*, das spätere Meißner Porzellan, erfunden. Dort, in den Gewölben, war in der Zeit Augusts des Starken in einem Wettbewerb mit dem Heidelberger Kurfürsten das größte Weinfaß der Welt gebaut worden: 249000 Liter. Um gleich an dieser Quelle feiern zu können, war auf dem Faß ein Tanzboden des Hochbarock installiert worden. Doch der imposante Königstein barg Gegenläufiges : Durch für den Staat verdächtig günstige Zufälle hatten sich von seinen Zinnen höchste Staatsgefangene in die Tiefe gestürzt oder in den Kasematten erhängt; mancher Prozeß zwischen Mächtigen in Dresden und Entmachteten auf dem Königstein konnte so durch ein Begräbnis umgangen werden.

Und zu Füßen des Königsteins hatte die Weltgeschichte vor Zeiten eine andere Wendung genommen.

Dort, zwischen Elbe und Felssockel hatte sich am 16. Oktober 1756 die sächsische Armee der preußischen ergeben und sich gefangennehmen lassen. Es war die erste gewichtige Militäraktion des Siebenjährigen Krieges gewesen. Bis zu diesem Tag hatte Sachsen, im Bunde mit Österreich, den Widerpart zu Preußen und dessen Ausdehnungsdrang und Militarismus dargestellt. Mit der Kapitulation vom 16. Oktober verschwand der sächsische Staat – zugunsten Preußens – aus der vorderen Linie der Geschichte. Sachsen machte Preußen und dem, was in der Folge aus Preußen entstand, Platz. Die unglückselige Armee Sachsen-Polens galt als eine der am wenigsten gedrillten, aber eine der prachtvollsten Europas. Sie hatte kaum je einen Sieg davongetragen, war aber als einziges Heer Europas komplett mit Perücken ausgestattet. Im Herbst 1756 ließ sie sich umzingeln, und eine Grippe-Epidemie bewirkte, daß sie widerstandslos und komplett in friderizianische Gefangenschaft ging. Hätte der Virus sich in den preußischen Reihen ausgetobt, so wäre der bedeutsame, lange Krieg womöglich schon nach einem Monat, mit entgegengesetztem Resultat, am Königstein zu Ende gegangen; nicht Preußen, sondern Sachsen wäre zur Vormacht in Deutschland geworden; und nicht das Brandenburger Tor wäre unser nationales Symbol geworden, vielmehr der so viel feinere Zwinger mit dem Nymphenbad, den Orangenbäumen um seine Fontänen. Nicht preußischstramm, sondern vielleicht sächsisch-leger wäre die deutsche Geschichte geraten. Doch unter der Festung Königstein im Elbsandsteingebirge versagte die glanzvoll kampfuntüchtige Armee, streckte unter den Augen des entsetzten August III. und seines Ministers Brühl die Waffen und gab den Weg frei für Friedrich den Großen, für das Kleindeutsche Reich unter Bismarck, den dummen Wilhelm II. und die deutschen Katastrophen des 20. Jahrhunderts. Man muß der sächsischen Generalität – ein wenig verludert bei den berühmten Festivitäten Dresdens – ernste Vorwürfe machen, dem preußischen Militär nicht energisch und gewieft genug entgegengetreten zu sein. Das siegreiche Elbflorenz wäre der Welt

und dem Leben zuträglicher gewesen als der Kommißton Spree-Athens.
Ich sah die deutsche Unglücks-Veste mit dem Weinfaß. Die historischen Begleiterscheinungen der Burg auf dem Fels lichteten sich mir erst später. Nach dem Ausflug auf die Bastei aßen wir im sommerlichen Bad Schandau, in exklusiver Ferne von den Touristenströmen im Westen, russisches Eis.
Weshalb wurde ich im damaligen Bezirk Dresden für historische Zusammenhänge und Gestalten, Geschichte und Geschichten, für diese Geographie in der Zeit, so empfänglich? Vergangenheit war ein Raum, ein Spielraum, der sich mir in Niedersachsen nicht wirklich geöffnet hatte. Dort lebten wir die Tage gewohnheitsmäßig, wie sie kamen. Anders als Sachsen war die Heide summa summarum ohne Zeichen sensationeller Geschehnisse, ohne eindrucksvolles Personal im chronologischen Vorzimmer des eigenen Lebens. Zwischen Aller und Zonengrenze stand kein Weinfaß, auf dem zum Staunen der Zeit Menuett getanzt worden war. Im Vergleich zu Niedersachsen, wo Schützenfeste genug Freude erzeugten, bot Sachsen Orte und Geschehnisse wie aus Tausendundeiner Nacht.
Wir besuchten Pillnitz. Nie hatte ich in einem Land, in dem ich brav meine Schulmilch trank, in dem Minen hochgingen, in dem die Zahl von Verkehrstoten stetig stieg, mit einem Lust-Palais im chinesischen Stil gerechnet. Berauscht von solch luxuriöser Köstlichkeit – und für eine solche Empfindung war Pillnitz gebaut worden –, verblüfft von dieser asiatischen Zugabe zum schlichten Leben, stieg ich unter den geschwungenen Dächern von Pillnitz, unter den pseudo-fernöstlichen Gesimsmalereien die Freitreppe zur Elbe hinunter. Hier war der Hof, hier waren die Mächtigen und die, die es werden wollten, von Dresden kommend den Gondeln entstiegen, um sich in den Gärten zu ergehen, in den Sälen zu tafeln, wobei das Orchester von der Empore spielte. Inmitten der sozialistischen Gesellschaft, ein paar hundert Kilometer entfernt vom Geraffe der Marktwirt-

schaft überfielen mich Zeitläufte, die reale deutsche Märchenhaftigkeit suggerierten. Die ärmlichen Bauernkaten des sächsischen, augusteischen Jahrhunderts waren verschwunden; die betörenden Schaustücke einstiger Kultiviertheit, Dramatik, Ambitionen jener Zeit waren geblieben. Die Besucher der Palais-Anlage von Pillnitz im Jahr 1967 wirkten erfindungslos, gehetzt, von äußerster Dürftigkeit, armselig verständnislos gegenüber der Vorgabe von Kolonnaden, Stein-Sphingen, die Höhenflug, Gestaltungskraft und Wissen um eine irdische Delikatesse ausstrahlten und einforderten. Durch dies Tausendundeine Nacht an der Elbe, die mein Vater weiter nördlich als Flüchtling durchschwommen hatte, spazierte ich mit anderen als Partikel der west-östlichen Massengesellschaft. Die venezianische Gondel Augusts des Starken wirkte – obwohl nur aufgebockt zwischen Hecken – schönheitssüchtiger, individualistischer, verrückter, anmaßender als der immerhin noch zweifarbige Wartburg vor dem Schloß, auf dem Parkplatz.
Wie andere Elfjährige in ihrer Phantasie in den Wilden Westen, in Ritterzeiten oder mit Perry Rhodan in den Weltraum ausbrachen, um eine Ergänzung des Lebens zu ergattern, öffnete ich mich plötzlich in Richtung Hochbarock, wo Vorfahren versucht hatten, der Ewigkeit, der möglichen Nichtigkeit des Daseins, dem unabwendbaren Verschwinden mit einer kolossalischen Chinoiserie zu trotzen, der vielleicht ewigen Finsternis eine Dresdner Gondelfahrt mit Fanfaren im Begleitschiff entgegenzusetzen. So etwas Zweckfreies hatte den Sinn, die gewöhnliche Logistik des menschlichen Lebens aufzulockern, den scheinbaren Notwendigkeiten mit Luxus entgegenzutreten, gegen die mögliche gebückte Haltung ein Kopfheben zu setzen.
Sachsen wurde für mich zu einem heiklen Utopia, mit dem Anspruch, daß aus der Erdenzeit etwas mehr herauszuholen sein müsse, als Verpflichtungen nachzukommen, früh auf die Rente zu hoffen, dem Nützlichen unbedingt den Vorrang vor dem Abwegigen einzuräumen. Im Laufe der Zeit wurde mir das Wissen um den chinesischen Palast tief in

Deutschland zu einem Gegengewicht zur erdrückenden Funktionalisierung des Lebens – und zu den so schrecklichen Orten dieses Landes, etwa Bergen-Belsen, in der Nähe meines Heimatortes.
Nicht nur Pillnitz mit seinen Gartensälen, Rabatten, Freitreppenstufen aus dem Fluß herauf war für mich ein Ort, der ein anderes, entspannteres, tolldreisteres Deutschland aufzeigt, das mir unendlich kostbar geblieben ist.

Bevor meine Saxomanie, diese Forderung nach einem Leben als befristeter Festakt, in Dresden kulminierte, hatte ich Bekanntschaft mit der düster schattierten Fulminanz von Stolpen gemacht. Während Pillnitz, an der Elbe hingestreckt, durch Eleganz dem Lebenstrott widersprechen wollte, widersprach Stolpen ihm durch exotische, wirkliche, nicht sonderlich zurückliegende Dramatik.
Ich entdeckte die gedrungenen Burgtürme des Städtchens bei einer Radfahrt durch die hügelige Landschaft um das Dorf Dittersbach. Die blaßgraue Fata Morgana sah mittelalterlich aus. Ich ahnte nicht, auf was ich angestrengt blickte. Stolpen ist der Ort, in dem eine der wildesten Liebesgeschichten Deutschlands zu Ende ging – und gerne hätte ich an so vielen Galoppritten, Juwelen-Überreichungen und sächsischen Schießereien im Namen von Liebe, Eifersucht und Macht teilgenommen.
„Da war eine Burg. Was ist das für eine Burg?" fragte ich nach der Rückkehr von der Radfahrt.
„Stolpen?"
„Gar nicht so weit."
„Das ist die Cosel-Burg. Die Geliebte von August dem Starken, die Gräfin Cosel, war auf Stolpen fünfzig Jahre in Gefangenschaft. Von dort hat sie das letzte Mal eine Flucht versucht, und aus einem Fenster hat sie auf August geschossen. Sie war die Venus von Sachsen. Bevor sie gefangengenommen wurde, hatte sie in Dresden das Palais der Vier Jahreszeiten bewohnt und Pillnitz zum Geschenk bekommen."

Sachsen, was sich dort zugetragen hatte, machte mich sozusagen *high* und, ich glaube, am nächsten Tag hatte ich meine Verwandten so weit, die Praxis früher abzuschließen und mit mir nach Stolpen zu fahren. Dort wartete der Geist der rachsüchtigen *Venus von Sachsen:* die Erfahrung begann, daß alle Winkel Europas die furiosesten Geschichten bergen.
Zu Füßen einer Burg auf Basaltfels, auf dem abschüssigen Marktplatz von Stolpen, vor der Dienststelle der Volkspolizei, wo West-Reisende sich anmelden und abmelden mußten, parkten wir. Der Eintritt in die Cosel-Burg mag 25 Pfennig gekostet haben. Für ein paar Aluminium-Chips gab es einen Schloßführer mit Vorwort des Bürgermeisters, der sich anderthalb Seiten lang zur Pflege der „nationalen Kulturgüter" und am Ende „zum Fortschritt Stolpens im Sinne der Völkerverständigung und der Errungenschaften des Sozialismus" bekannte.
Unter Pechnasen und Fallgittern hindurch ging es hinein ins Basaltgemäuer und ins Liebesdrama. Über nie restaurierte Innenhöfe und ausgetretene Treppenläufe erreichten wir kleine Turmsalons, in denen die vormalige Venus 1765 – mit 83 Jahren – ihr Leben beschloß. Ein Balken vor einem Türfenster deutete an, wo die unbändige, später der ägyptischen Astrologie ergebene Frau dreißig Meter über dem Burggraben ihre Notdurft verrichtet hatte. Und tatsächlich weinte ich hier um die Frau, die 52 Jahre eingekerkert war.
Anna Constantia von Brockdorff war 1680 auf dem holsteinischen Gut Depenau zur Welt gekommen. Sie wuchs in Norddeutschland auf und erhielt Erziehung und gesellschaftlichen Schliff am Hof des Herzogs Anton Ulrich von Braunschweig in Salzdahlum bei Wolfenbüttel. Im Alter von 21 Jahren wurde sie verheiratet. Die arrangierte Partie war, finanziell gesehen, glänzend. Die Hochzeit fand in Dresden statt, denn der zwölf Jahre ältere Gemahl war der Finanzminister von Sachsen-Polen, Adolf Magnus Graf Hoym. Etwas Gängiges bahnte sich an: ein Eheleben ohne

brennende Zuneigung. Die junge Gräfin Hoym und spätere Reichsgräfin Cosel hatte nichts dagegen einzuwenden, daß ihr Mann sie in einiger Entfernung von Betrieb und Umtriebigkeit des Dresdner Hofs wissen wollte, zog sich willig auf den ministeriellen Landsitz Laubegast an der Elbe zurück und richtete sich dort für ein wohlversorgtes, ruhiges Leben ein. Ohne erkennbares Interesse am Leben in der Hauptstadt, an der Frau von Haugwitz, an Aurora von Königsmarck oder der Türkin Fatima, den wechselnden Mätressen Augusts des Starken, widmete sich Anna von Hoym der Oberaufsicht über den Gutshaushalt, der Lektüre, dem Zeitvertreib mit Musizieren, Sticken, Malen. Inmitten des Nordischen Kriegs, der von 1700 bis 1721 Sachsen auch nur Niederlagen eintrug, kam es indes im Schloß von Dresden zu einer legendären Wette. August der Starke, das heißt: seine arme Armee verlor gegen die Schweden eine Schlacht nach der anderen, und um so mehr bestand Sachsens Herrscher auf Festivitäten und Orgien zum Vergessen seiner militärpolitischen Desaster. Bei einer der Lustbarkeiten im kleinen Kreise geschah es, daß die hochgestellten Zechkumpane um die Wette die Schönheit ihrer Ehefrauen schildern sollten. Niemand kannte Anna von Hoym. Der betrunkene Minister beschrieb sie als unvergleichlich, als eine Göttin. August II. von Sachsen und Polen, das er gerade wieder einmal verlor, wurde auf der Stelle hellhörig. Noch in derselben Nacht und gegen alle plötzlichen Einwände seines Ministers wurde ein Kurier aufs Land geschickt, um die angeblich faszinierendste Frau des Kurfürstentums in die Hauptstadt zu holen. Auf einem eigens anberaumten Ball wurde Anna von Hoym dem berühmt-berüchtigten Monarchen vorgestellt. Er entschied die Wette; sein Finanzminister besaß die schönste Frau, er bekam die beachtliche Wettsumme ausgezahlt und wurde zu Steuerprüfungen sogleich weit fort in die Provinz befohlen. Ein neues Liebespaar stand nun, leidlich ungestört, auf dem europäischen Parkett und vor dem Dresdner Hof, der sich umzuorientieren wußte. Doch in Anna von Hoym, die ihrem Mann das Wetten um ihre Person nie verzieh, hatte sich August der Starke einen dem seinen ebenbürtigen Willenscharakter an seinen Hof geholt. Anna von Hoym wollte in eine Scheidung und in ein Leben mit dem *Herkules von Sachsen* erst dann einwilligen, wenn Augustus Rex ihr ein eigenhändiges, schriftliches Heiratsversprechen für den Fall des Ablebens der durchaus noch lebenden, nur sehr hintangestellten Kurfürstin gäbe. Das war eine beispiellose Forderung. In seinem offenbar unstillbaren Verlangen nach Frau von Hoym gab August der Starke schließlich die folgenschwere Zusage. Für Sachsen begann eine neunjährige Ära, die Ära der Liebe zwischen dem impulsiven Herrscher und der nicht minder impulsiven Anna Constantia. Am Kaiserhof in Wien läßt August dem gebürtigen Fräulein von Brockdorff den Titel einer Reichsgräfin Cosel kaufen. In der Liebe, Sinnlichkeit, im Genuß an Prachtentfaltung und im Aktivismus stimmen die beiden überein. Auf der Jagd sitzen beide zu Pferde, gemeinsam empfangen sie von Johann Friedrich Böttger die ersten Gefäße aus Meißner Porzellan und ersinnen die Manufaktur in Meißen, gemeinsam beratschlagen sie mit dem demoralisierten Generalstab neue Feldzugpläne gegen Schweden und mit dem Italiener Alessandro Mauro, seines Zeichens oberster Dekorateur des Hofes, die mehrtägigen Feste zu Ehren des dänischen Königs mit dem berühmten „Erdteile-Feuerwerk" und dem Ringstechen im Zwinger, wobei die Cosel beim Wagenlenken mit bewimpelter Elfenbeinlanze den Sieg davonträgt. Die Kurfürstin, die *Betsäule Sachsens,* zieht sich angesichts solcher Verhältnisse endgültig auf ihr Schlößchen bei Torgau zurück. Anna von Cosel bekommt Schloß Pillnitz geschenkt, in Dresden das Palais der Vier Jahreszeiten, mit unterschiedlichen Appartements für jede Saison. Sie interessiert sich immer mehr für die Regierungsgeschäfte und ist draufgängerisch: Als der fortwährend siegreiche Karl XII. von Schweden mit seiner Armee bereits in der Nähe Dresdens erscheint, macht sie sich, zusammen mit wenigen Vertrauten, zu einem Mordanschlag auf den Schweden auf und kann im letzten Moment nur durch einen ausdrücklichen Befehl Augusts des Starken von dem Attentat und dem Bruch jedes Völkerrechts abgehalten werden. Fast ein Jahrzehnt währte die Herrschaft der Anna von Cosel über August den Starken und damit über die Länder Sachsen und Polen. Nach neun Jahren hatten die ratlosen Politiker sich formiert, versuchten ihren Einfluß zurückzugewinnen und dem vernarrten Alleinherrscher eine neue, gefügigere Liebschaft zuzuspielen: August II. reiste 1709 zum Reichstag nach Polen, wo er seit 1697 gewählter König war. Von diesem Zeitpunkt an wurde die Geschichte Augusts und der Gräfin Cosel erst vollends dramatisch. In Warschau gelang es der sächsischen Camarilla, dem unterhaltungsbedürftigen Kurfürsten-König ein entzückendes Fräulein von Dönhoff zuzuschieben. Anna von Cosel erfuhr in Dresden, im Kindbett, über ihre Spione vom Komplott und dessen Erfolg. Als betrogene Geliebte und zukünftige Ehefrau machte sie sich auf die fünftägige Reise nach Warschau. Dort erfuhr man inzwischen, daß die Reichsgräfin und bisherige Herrin sogar bewaffnet war. August ließ ihre Reise hinter der polnischen Grenze gewaltsam stoppen. Das Verhältnis aus Liebe, Eifersucht, Angst vor Verlust, Unruhe steigerte sich. August der Starke ließ sich von der bleibenden Rachsucht seiner bisherigen – und vollendetsten – Geliebten überzeugen. Sie bekam den Befehl, ihr Sommerschloß Pillnitz zu beziehen und vor allem den präsumtiven Heiratskontrakt herauszugeben. Sie gab das Schriftstück zur sicheren Verwahrung ins Ausland, sie versuchte mehrmals, vom Verbannungsort zu August vorzudringen, ihn in einem Überraschungsangriff neu an sich zu binden. Aus Angst, Scham, aus Überdruß an so viel Leidenschaft ließ August die hitzige Gräfin in das kleine Schloß Nossen überführen und unter Bewachung stellen. Anna von Cosel gelang die Flucht nach Preußen, wo sie verbreitete, die Gattin des Mannes zu sein, der sie einsperre, jage, quäle. Durch ein Arrangement mit dem Soldatenkönig erreichten Sachsens Politiker die Auslieferung der herrischen Frau. Ihre Person gemahnte August den Starken so sehr an eine vergangene Zeit, an eine glückliche Liebe, daß

sie in großer Distanz um Dresden herum und unter schwerer Bewachung in die Festung Stolpen geschafft wurde. In ihren Palais wohnten längst dürftigere Nachfolgerinnen, und ihre Kinder wurden von anderen Hofdamen erzogen. Die vollkommene Isolierung und annähernd perfekte Bewachung der nicht zu brechenden Holsteinerin verfehlten zwei Mal beinahe ihr Ziel. Zweimal verliebten sich Bewachungsoffiziere so heftig in die Gefangene, daß sie ihre Hilfe zur Flucht mit dem Leben, mit ihrer Exekution bezahlten. Der erste Fluchtversuch mißlang schon innerhalb der Festung. Beim zweiten erreichte Anna von Cosel den bereitgestellten Wagen, ließ ihn jedoch, schon auf dem Weg ins Ausland, nach Dresden abbiegen. Während des Karnevals dort erkannte man nach vielen Jahren die einst Allmächtige, deren Name seit Jahren nicht mehr genannt werden durfte, im Maskentreiben nicht gleich und erst in der Nähe Augusts des Starken, dem sie sich zeigen, den sie sicherlich töten wollte, wurde die nicht einmal Vierzigjährige verhaftet. Die Festung von Stolpen wurde ihr zur Katakombe. Nach neun Jahren der Liebe, nach vierzehn Jahren der Haft, sahen Anna von Cosel und August der Starke sich ein letztes Mal. Schon von Alter und Zuckerkrankheit gezeichnet, ritt er zu einem Manöver an der Festung vorbei, sie hatte von diesem Augenblick erfahren, stand an ihrem Fenster. Vom Turm und aus der Ebene trafen sich noch einmal die Blicke. Jahre nach dem Tod Augusts wurde der weiblichen Legende Sachsens die Freiheit geschenkt, sie verzichtete darauf, widmete sich ihrem winzigen Festungsgarten und altägyptischen Mysterien, war das Reiseziel vieler Neugieriger, welche die sechzig-, siebzig-, schließlich über achtzigjährige Cosel ansehen wollten, die Legende, die Venus von Sachsen. Das Geheimnis um den Verwahrungsort ihres Heiratsversprechens aus den Zeiten des Hochbarocks lüftete auch die freiwillig im Kerker lebende Greisin nicht.
Als Landkind aus der zweiten Hälfte des 20. Jahrhunderts stand ich zwischen dem Mobiliar des Turmverlieses und war von der dramatischen Saga, die hier zu Ende gegangen war,

erschüttert. Um mich tiefer in den energetischen Entladungen des 18. Jahrhunderts verlieren zu können, gaben meine Verwandten mir die Romane der Sachsen-Trilogie des Polen Joseph Kraszewski in die Hand: *Gräfin Cosel, Der Siebenjährige Krieg* und *Brühl*. Die Trilogie wurde meine erste gierig verschlungene und also nicht so rasch wieder verlöschende Lektüre.

Neben den Ereignissen in meinem eigenen Leben, und noch ehe ich mit Tom Sawyer an den Mississippi, mit Gustav Schwab nach Troja kam, machte mich das polnische Romane-Kompendium aus dem 19. Jahrhundert mit den Ambitionen, Kabalen und Schicksalsschlägen in der Hocharistokratie von 1750 vertraut. Auch nachträglich kann ich es mir nicht verübeln, daß die scharfen Ritte von Dresden ins winterliche Warschau, die Maskenfeste, auf denen ein Domino einen Arlecchino vor der Verhaftung nach der Sarabande warnt, die Rettung der Kronjuwelen vor schwedischer Beschlagnahmung, mich auf eine Zeitmaschine hoffen ließ, mit der ich in einen scheinbar üppigeren Lebensbetrieb hineingeraten konnte: mit Gefechten und hingeschütteten Perlen.

Dresden.

Ich war bereits angefüllt mit Romanstoff, als ich in dem Gemenge aus Ruinen, sozialistischer Stadtplanung und zwei, drei Bauwagen vor dem ausgebrannten Opernhaus ankam. Die Platten-Silos der Prager Straße wirkten auf mich nicht anders als Wolfsburg. Aus anderen Gebäuden, dem Rathaus, den Mauerfronten des ausgeglühten Schlosses, im wiederhergestellten Zwinger schrien mich die halbovalen Klagefenster an. Nicht gleich in Dresden, doch etwas später daheim, schwor ich mir, zu jedem 14. Februar ein Gedicht zu schreiben, in dem ich die große Zerstörung betrauern wollte. Dies Vorhaben – „Menschenhaß kehrt Türme um/ Menschenhaß läßt Gärten brennen/ …“ – führte ich tatsächlich jahrelang aus. Was mich trieb, weiß ich nicht exakt zu sagen, aber die versammelten Poeme bekamen sieben Jahre später zumindest einen ganz praktischen Wert: Nach der

Musterung zur Bundeswehr und nach Einschätzung des Musterungsarztes hätte ich als 18jähriger Marine-Kampftaucher werden sollen; nach der schriftlichen Kriegsdienstverweigerung, der mehrstündigen mündlichen Verhandlung im Kreiswehrersatzamt, nach einem Kreuzverhör, ob die Seele pazifistisch sei und vor allem nach der Vorlage meiner gereimten Bombenklagen auf Dresden entließ mich das Tribunal gleich ins Altersheim: zur Altenpflege von Johanniter-Rittern aus den Ostgebieten.
1967 stand ich, um Anna von Cosel schon wissend, vor dem Palais der Vier Jahreszeiten. Eine Sandstein-Halde.
Nach der Konfiszierung durch die Rote Armee 1945 und dem Abtransport in die UdSSR befand sich das *Grüne Gewölbe,* die Schatzkammer der Kurfürsten, mittlerweile wieder in Dresden. Hatte ich in Pillnitz die Eleganz des Palais à la chinoise bestaunt, in Stolpen die Wucht des Coselschen Lebenslaufs verspürt, so löste ich in der Juwelenkammer – ohne Ebenbürtiges irgendwo auf der Welt – Alarm aus. Mit dem Kopf knallte ich auf die Glasvitrine, die den *Hofstaat von Delhi am Geburtstag des Großmoguls Aureng-Zeb* schützte. Die elektrischen Glocken schellten und die Wach-Rentner stürzten über mich her.
Aber wo sah man solch ein Geschmeide auch! Nicht in Paris, nicht in London, wie ich später entdeckte. – Joseph Dinglinger, der bewährte Goldkünstler und Juwelenschneider, hatte seinem stets ruinierten, aber unverdrossenen Landesvater August dies Wunder von einem zu nichts Praktischem brauchbaren Tafelaufsatz geliefert. En miniature und nur aus Silber, aus Gold, aus Platin, mit Rubin-Girlanden und Brilliantenspreu an Elefantensatteln stellt das Objekt die in Sachsen halluzinierte Geburtstagszeremonie beim Großmogul in Delhi dar. Das Schaustück von einigem Umfang, mit einigen hundert knienden, schreitenden, plaudernden Indern aus purem Gold belebt, konnte sich schon zu seiner Entstehungszeit des Prädikats rühmen: unbezahlbar.
Es ist erstaunlich und doch wohl selbstverständlich, daß die Existenz und Wahrnehmung dieses in Jahren gefeilten, mit

Smaragdgarben geschmückten Werks wahrscheinlich niemals irgend jemanden von etwas Bösem abgehalten hat.

Mit einer *Agfa-Clack* und *Orwo*-Film knipste ich in Dresden alles.
In der Gemäldegalerie hatte ich Schwierigkeiten mit der Sixtinischen Madonna. Nicht, daß sie mir, wie vielen im 20. Jahrhundert, zu schön, zu vollkommen gewesen wäre; nur, wenn man nicht an eine himmlische Jungfrau glaubt, verfehlt selbst die betörendste Darstellung des Wunderwesens ihren tieferen Zweck. Aber vielleicht hatte auch Raffael, darstellungs- und gestaltungssüchtig, eine Papsttochter oder Gesicht und Hände eines römischen Freundes zur Verewigung im Auge gehabt. Viel Canaletto weist Dresden auf. Obwohl der Venezianer wirkliche Stadtansichten beinahe photographisch verdoppelt, sieht man sich doch lange und mit wachsender Freude an, wie eine Straße einst war, wie im Vergleich eine Straße heute aussieht, und welches Geschöpf seinerzeit neugierig aus dem Fenster hing. Der Veduten-Maler fordert nichts als Aufmerksamkeit und kann mit keiner Botschaft enttäuschen; Canalettos hingetupfte Dame unterm Sonnenschirm träumt an der Weichsel, hinter deren dunklen Strömungen sich Warschau erhebt.
Mit meiner West-Tante spazierte ich über den Balkon Dresdens, über die sogenannte *Brühlsche Terrasse,* dieses Hochufer beim Landtag, wo einst ein von Canaletto gemaltes Palais, ein berühmtes Belvedere gestanden hatte, bis es von Friedrich dem Großen gesprengt wurde und französische Gärten angelegt waren.
Der Erbauer dieser verschwundenen Liegenschaft, Herr Heinrich Graf von Brühl, von 1737 bis 1763 Erster Minister von Sachsen und Polen, *Herr der Baltischen Meerpforten,* wurde auf lange Zeit Gegenstand meiner Wißbegier und Phantasie. Eine derartig skandalöse, schillernde, hartnäckig vom Unstern begleitete Lebensgeschichte wie diejenige Brühls konnte es in späteren Epochen in deutschen Landen nicht mehr geben. Nichtsdestoweniger gab es eine Zeit, in

der Deutschlands Werdegang durchaus von Brühl abhing, von dem ich auch später noch las, was ich in die Hände bekam.

„Wo ist der Junge? Er muß in die Badewanne."

„Er ist auf der Ofenbank und liest den *Brühl*."

„Dann bad ich jetzt erst einmal den Dackel."

Mein erlesenster deutscher Politiker, Heinrich von Brühl, wurde 1700 in Thüringen geboren. Seine Eltern besaßen das bescheidene Gut Ganglöffsömmern. Im Kindesalter wurde Heinrich, dieser vierte Sohn, an den nahen Hof von Sachsen-Weißenfels geschickt, um sich dort als Page die nötigen Umgangsformen, ein gesellschaftliches Know-how, Musisches und Sprachliches anzueignen. Der 14jährige Heinrich galt als dienstbeflissen, als wendig und gescheit. Die Herzogin von Weißenfels nahm den erfreulichen *Silberpagen* 1719 mit ihrer übrigen Begleitung zur Leipziger Messe mit, dem gesellschaftlichen Ereignis Mitteldeutschlands. Im Rahmen der Messe-Veranstaltungen für die angereiste, schaulustige Aristokratie wurde der Page aus der Provinz kurz August dem Starken vorgestellt. Dieser aber fand auf der Stelle Gefallen an dem zuvorkommenden jungen Mann, nahm ihn mit Erlaubnis der Weißenfelser Cousine in seine Dienste und mit in seine Residenz. Augusts Dresdner Hofstaat umfaßte etwa dreitausend nötige und überflüssige Personen. Das war, ohne daß es zu nationalen Parteiungen gekommen wäre, ein Heer von ehrgeizigen Einheimischen, Polen in ihren farbenprächtigen Trachten, Italienern, Franzosen, Livländern oder Kurländern. Brühl ging in dem *multikulturellen*, vielsprachigen, auf Karriere versessenen Gewoge der Säle und Vorzimmer nicht unter. Bei einer außerordentlich günstigen Gelegenheit, als ein altgedienter, aber angetrunkener Sekretär nicht mehr aus dem Sessel kam, erwies er sich vor August dem Starken als jemand, der Briefe in mehreren Sprachen nach Diktat sofort ins Reine schreiben konnte. Der Kurfürst behielt ein Augenmerk auf den stets dienstbeflissenen Sproß einer verarmten Familie, die ihn aus der Ferne weder stützen noch beeinflussen konnte.

Brühl bekam 1730 als 30jähriger die große Chance, sein zutage getretenes Organisations-, sein Improvisationstalent in vollem Lichte zu beweisen. Um Europa die sächsische Kampfeskraft vorzuführen, wurde in der Nähe Leipzigs ein mehrtägiges Manöver, gekoppelt mit mehrtägigen Festivitäten, anberaumt. Die Planung für den Bau einer gewaltigen Zeltlager-Stadt beim Dorf Zeithain, Arrangement und Ablauf der Empfänge für Botschafter und insbesondere für den unangenehmen preußischen Soldatenkönig, der zuvörderst von sächsischem Reichtum geblendet werden sollte, wurden Brühl überantwortet. Der Titel eines *Kämmerers* war, neben einem Orden, der Lohn für die erfolgreiche Tag- und Nachtarbeit des Newcomers. Brühl blieb rege, wurde unverzichtbar, stieg weiter auf, ließ Konkurrenten hinter sich – oder schob sie beiseite. Nur ein Jahr nach der Kriegs-Schau wurde er *Wirklicher Geheimer Rath*, somit Leiter der Innenpolitik, im selben Jahr noch Oberaufseher „über sämtliche Kassen".
August der Starke starb 1733 in Warschau. Durch ein falsches Bulletin, der sächsische Wahlkönig lebe und atme noch, durch eigenmächtige Befehle zum raschen Packen, durch eine Nacht- und Nebelaktion rettete der 33jährige Brühl in Warschau die sächsischen Mobilien vor der sicheren Plünderung durch die Polen und ließ Möbel, Geldkisten, Uhren und Juwelen des schlagartig herrenlosen Landes über die Oder schaffen. Der neue Kurfürst, für den Bach dann sein *Preise Dein Glücke* komponierte, dankte es Brühl durch Ernennung zum Kabinettsminister. Als solcher, durch unermüdliche Werbe-Reisen und durch Bestechungen, setzte er seinen neuen Herrn in Warschau als nächsten König von Polen durch. Wieder war Sachsen-Polen die größte Territorialmacht Europas, ein Doppelstaat, der locker Mittel- und Osteuropa verband, wobei in Polen ein Sprichwort auf das Erfreuliche der damaligen deutschen Herrschaft verwies: „Unter den Sachsen iß und trink und schnall den Gürtel locker."
Brühl häufte Ämter, in ungeheuerem Ausmaß. 1746 wurde

er *Premierminister* und hatte neben den Titeln *Stift Naumburg- und Merseburgischer Cammer-Director, Des Hochstift zu Meißen Capitularis* und *Commandant der Sächsischen Truppen in Polen* weitere 31 Ämter und separate Besoldungen inne. Brühl war die Staatsmacht, und sein König, der schläfrig kunstsinnige August III., ließ Gemälde anschaffen, Opern für den Karneval inszenieren und weltberühmte Sängerinnen bei Staatsbanketten aus präparierten Torten steigen.

„Habe ich noch Geld, Brühl?"

„Aber ja, Sire", stand meist am Anfang der Gespräche, die allmorgendlich in Dresden um 1750 zwischen dem Monarchen und seinem Minister geführt wurden.

Wie sein Herr, wie dessen Vorgänger, liebte Heinrich von Brühl Aufwand, unvergleichliches Repräsentieren, die Zurschaustellung der Wohlfahrt Sachsens und seines politischen Ranges.

Über der Elbe ließ Brühl Häuser ankaufen, niederreißen, ließ sich einen Wohnsitz bauen, dessen berühmter Festsaal jene „siebzehn Ellen" länger war als der Spiegelsaal in Versailles. Europäische Diplomaten, Vertreter der europäischen Hautevolee gaben sich hier ein Stelldichein. Brühl ließ in Meißen, als *Director der Manufactur*, das Schwanen-Service anfertigen, dessen Überreste die Glanzstücke von Porzellansammlungen bilden. Es gab ein Service aus Gold für einhundert Personen. Zum Schock der geladenen Gäste wurde es nach einer Soiree im Hause Brühl von den Bediensteten durch die geöffneten Fenstertüren … in die nächtliche Elbe geschleudert. Der Dresdner Scherz klärte sich, als das massive Prunkgeschirr am nächsten Morgen in Netzen wieder aus dem Wasser gezogen wurde.

Dresden machte – was das exaltierte Leben anging – anderen Orten der Welt den Rang streitig.

Die Brühlsche Regierung wurde naturgemäß schon immer widersprüchlich bewertet. Die einen, Zeitgenossen wie Historiker, sahen in ihm einen bedeutenden Mäzen, friedfertigen Politiker und Star seines Jahrhunderts, die anderen einen Verschwender mit zwei Sälen für Kleidung, dreitausend Perücken, einen am Ende glücklosen Intriganten. Eine Biographie mit dem Untertitel *Der Richelieu, Medici und Rothschild seiner Zeit* und der Lexikonkommentar: „Brühl, der den Staat seinen eigenen Interessen unterordnete" stehen sich diametral gegenüber.

Brühl trank nur Schokolade aus Straßburg; andererseits begann, nach solcher Schokolade, sein Arbeitstag unverrückbar um sechs Uhr früh. Die Person, den Fall Brühl kann man soziologisch, anekdotisch, charakter-phänomenologisch, kulturgeschichtlich betrachten und analysieren. Was mich rasch fesselte, war die Auseinandersetzung dieses Premiers mit seinem Erzfeind, mit Friedrich dem Großen. In engster deutscher Nachbarschaft standen sich in dem luxuriösen, geschmeidigen Minister und in dem ingeniösen, unberechenbaren König von Preußen zwei vollends verschiedene Lebensformen, zwei Kontrahenten um die Vormacht in Deutschland gegenüber. Friedrich nannte sein miserabelstes Reitpferd, auf dem er im Siebenjährigen Krieg in Dresden einritt: *Brühl;* der Minister, in Dresden, ließ wiederum nichts unversucht, um durch Diplomatie auf Hochtouren den furchterregenden Militärstaat im Norden zu isolieren, in dessen preußischen Grenzen zu halten, Sachsen über Preußen, das Haus Wettin über das Haus Hohenzollern triumphieren zu lassen. Wie der Kampf zwischen Rom und Karthago, zwischen römischer Disziplin und afrikanischer Exotik faszinieren kann, faszinierte mich – in unserem Land – der konsequenzenreiche Kampf zwischen dem sächsisch-polnischen Dolce Vita und dem preußischen Exerzierreglement. Die Barockwelt Dresdens, das Brühlsche Festareal überlebte diesen Streit nicht.

Alles, was der Politiker, der diplomatische Bewacher Preußens, der Bonvivant Brühl hervorgebracht hatte, wurde zunichte, wandte sich am Schluß gegen ihn: In Sachsen hatte er neue Straßen bauen lassen – auf ihnen rückten bei der ersten Invasion ohne Kriegserklärung die preußischen Truppen 1756 auf Dresden, zum Königstein vor, um das niedergeworfene Land dann sieben Jahre lang auszupressen. Brühl hatte sich von Leipzig bis Warschau für seine Reisestationen Landsitze, Stadtpalais bauen lassen. – Friedrichs Haß auf den Rivalen war so mächtig, daß er Befehl zur Zerstörung aller Besitztümer des sächsischen Premierministers gab, die Plünderung der Dresdner Kunstsammlungen befahl: was Zeitgenossen den größten Vandalismus ihres Jahrhunderts nannten.

Mit der Gefangennahme der sächsischen Armee am Königstein, mit der schmachvollen Flucht des unterlegenen antipreußischen Diplomaten aus seinem Land endete für Sachsen das augusteische Zeitalter, setzte die Preußifizierung nicht-preußischer Gebiete ein, war es mit der Vision vorbei, daß Deutschland sich nicht an den Tugenden und Untugenden Berlins, sondern letztendlich an der Heiterkeit, dem Geschmack Dresdens ausrichten würde.

Vom aufregenden Obersachsen ging es 1967 ins gewöhnlichere Niedersachsen zurück. Doch mein geschundener deutscher Orient mit dem unverwechselbaren Grau Hallensischer oder Magdeburger Bauten, die nach Farbe dürsteten, versorgte mich bis zur Grenze mit nicht alltäglichen Situationen.

Spätestens westlich von Magdeburg verschwand meine West-Tante auf der Zugtoilette.

„Iß dein Brot weiter und bleib sitzen."

Mit eigenartig geharnischten Brüsten unter der weiten Bluse kehrte sie ins Abteil zurück. Sie hatte sich zwei Meißner Untertassen unter den Büstenhalter gezwängt. Die Edelware, für die als Devisenbringer ein Ausfuhrverbot bestand, wurde am pulsierenden Schmuggelplatz nicht entdeckt.

Im Laufe der Jahre führte Tante Ursel ein komplettes Zwölf-Personen-Service dem Schrank im Westen zu, und ich weiß nur nicht, auf welche Weise sie eine Kaffeekanne mit Drachenschnabel dem Einflußbereich des Kremls entzog.

Wo mitten im Land getötet wurde, an der deutsch-deutschen Grenze, wurde also selbst die Tante skrupellos. Ein Tortenteller konnte, unterhalb der Tassen, nur auf dem

Bauch befestigt gewesen sein. Voll mit Cosel, mit Sandstein-Monolithen und Aufstieg und Untergang Brühls kehrte dagegen ich nach Wolfsburg zurück. Wieder eine Bahnsteiguhr von *Siemens*.

Es waren wieder *unsere* Italiener zu sehen.

Die moderne Bahnhofshalle war reinlich.

Am Kiosk viele Zeitungen.

Indem ich von der untergegangenen Größe Sachsens erfahren hatte, hatte mich ein Hauch von Mitgefühl mit allem Verschwundenen, Unterlegenen angeweht.

Ende der 60er Jahre starb meine Großmutter. Als Tochter eines Schlachtermeisters hatte sie perfekt dem Haushalt vorgestanden und durch besonders opulente Braten ihrem Alterszucker und dem allgemeinen Cholesterinspiegel im Hause mit Gewißheit Bärendienste erwiesen. Aber es hatte immer vorzüglich geschmeckt und den Mittagsschlaf wohlig gemacht. Die in jungen Jahren sehr schöne Frau, die in meiner Kindheit allerdings bannergroße Trikotagen an die Wäscheleine hängte, war die letzte Person, die ich erlebte, die mir angesichts stillgelegter Bahngleise gen Osten sagte:

„Und da geht es zum Kaiser."

Ich weiß nicht exakt, warum ich das Gefühl hatte, daß mit dem Übergang der 60er Jahre in die 70er Jahre die Zeiten definitiv *modern* wurden. Die Bastel- und ABC-Schützen-Stimmung der Volksschule wich dem größeren *brainstorming* des Gymnasiums mit Mathematik statt Rechnen, mit der Geographie Asiens anstelle der Heimatkunde und des Auswendiglernens der Bäche, die in die Ise münden. Letzte Kopfstein-Straßen wurden zu Überlandpisten, von denen das Schild DREIGETEILT – NIEMALS verschwand. Der Drang, sich den Osten bis zu Warthe und Memel wieder einzuverleiben, war aus dem Wohlstandsstaat gemeinhin verschwunden. Einige Reisen erster Vorhut-Touristen sogar in die USA öffneten den Blick auf anderes. Die Provence, Rhodos wurden zugänglich und unvergleichlich gastlicher als der Ost-

Harz, nur hundert Kilometer vor dem eigenen Haus. Nach meinem Empfinden wandelten sich die Menschen gut dreißig Jahre nach der Gründung der Bundesrepublik von rakkernden Nachkriegsmenschen in einem Staatsprovisorium zu Westeuropäern, zumindest zu zunehmend weltläufiger wirkenden Bundesbürgern. Der Weststaat entwickelte sich von der Erfindung der Siegermächte und der Parlamentarier zu einer neuartigen, stabilen Heimat. *Demokratie bürgerte* sich ein. Die Bundesrepublik, Ergebnis alliierter Beschlüsse und verfassungsgebender Versammlungen, wurde im großen und ganzen kein Gebiet für Befehlsgeber und Befehlsempfänger; ich glaube, es geschah sogar zur stillen Verwunderung der Deutschen, daß sie gewahrten, wie erfolgreich, lebenswerter als anderes, wie dynamisch eine doch eher als diffus geltende Demokratie gegenüber betagten Vorstellungen vom Ordnungsstaat war. Was für eine Überraschung! Dies bisher fremde Kind – Demokratie in Deutschland – stand recht zügig besser, achtbarer, lebensfreundlicher da in der Welt als das frühere Kaiserreich oder als die nationalistische Kraftmeier-Anstalt mit Reichskanzler-und-Führer. Überstieg das Bruttosozialprodukt der verdächtig pluralistischen Gemeinschaft, mit Zentrale im äußerlich kargen Bonn, nicht schon 1960 das Bruttosozialprodukt der großdeutschen Nazi-Zwangsanstalt um etliches? Lebte es sich mit den Plenarsaal-Debatten der BRD nicht längst viel angenehmer, offener, menschlicher als zu Zeiten der großspurigen Lebensbescheide via Volksempfänger? War dies längliche Westland, das plötzlich aus der Taufe gehoben worden war, in allem nicht viel brauchbarer, ja charmanter als die von Marschtritt widerhallenden Großreiche zuvor?

Mitschüler von mir und ich selber auch, wir fühlten uns – falls ein Gespräch dies streifte – durchaus als von viel, sehr viel Glück bedachte Bundesbürger, die ab der 10. Klasse, von einem Tag auf den anderen, als potentiell lebensmündige Menschen von den Lehrern gesiezt wurden. Welche Generation – und wo auch immer – war jemals in solche unautoritäre Wohlfahrt hineingeboren worden? Ja, die Bundesrepublik, mit ihrem leicht provinziellen Einschlag mangels einer Metropole, mangels sicherer Traditionen, dies weiterhin irgendwie besetzte, leicht amerikanisierte Territorium sagte mir zu. Am geradezu bedenklich wohlversorgten, keinesfalls schläfrigen Ostrand Westeuropas fühlten wir uns beheimatet und gut verbunden mit Gleichaltrigen anderer westeuropäischer, angenehm fremder, doch wesensverwandter Regionen: Französische Schüler trafen zum Austausch in der Heide ein, englische Lehrer wurden im Handumdrehen im Wacholdergebiet sogar seßhaft, holländische Soldaten mit Haarnetzen für die Protestmähnen der frühen 70er Jahre kampierten als freundliche Landesnachbarn am Straßenrand, um womöglich die Lüneburger Heide zu schützen. Das war alles sehr leger.

Als spanische Gastarbeiter in unser Nachbarhaus einzogen, bedauerten wir sie wegen der Trennung von ihren Frauen. Als die fleißigen, stillen Spanier nach Jahren verschwanden, zogen geflüchtete Vietnamesen ein, und man fegte – denn ein bißchen niedersächsische Ordnung mußte sein – samstags morgens gemeinschaftlich die Gosse.

Mein Vater sagte: „Hello." Und die Saigoner, die wohl alles verloren hatten, schauten ihm beim Hufbeschlag zu.

Die Teilung Deutschlands, die gewisse nationale Ohnmacht auf beiden Seiten des Eisernen Vorhangs hatte ihr Gutes. Wunderbar! Ein Land, das keine Atomwaffen besitzen durfte! Sinnvoll! Ein Land, das keine nationale Grandeur entfalten konnte, weil immer die eine Hälfte fehlte, weil die jüngste Vergangenheit jeden Anspruch auf nationales Sendungsbewußtsein massivst ad absurdum geführt hatte. Wir lebten in einem Staat, der nicht berauschen konnte, der aber sehr viel für uns bereithielt: Gewissensfreiheit, Religionsfreiheit, individuelle Meinungsfreiheit. Der Fernseh-Blick oder der wirkliche Blick bei der Klassenfahrt auf das Bundeshaus, diese vormalige Turnhalle als staatlicher Selbstfindungsort, konnte ob der Popeligkeit lachen machen, doch war diesem demokratischen Laboratorium mehr Sympathie entgegenzubringen als dem ordenbehangenen Franco, der zur selben

Zeit unter einem gewaltigen Baldachin in Madrid faschistische Panzerparaden abnahm. Nein, Bonn, seine repräsentative Dürftigkeit gegenüber Paris, London, Washington hatte sogar etwas vom subtilen Understatement eines Staats, in dem es teilweise liberaler, bequemer zuging als in den alten, unbeschädigten Nachbarnationen. Stand man mit Bonn und der neuartigen Bundesrepublik vor der Welt nicht wie jemand da, der sagte: „Wir haben Schuld auf uns geladen. Wir tragen die Zerschlagung Deutschlands und bedenken seine Sünden. Wir bemühen uns bescheiden, human und – wie ihr seht – bestens, unauffällige Weltbürger zu werden. Und, wir staunen selbst, das ist sogar ein ganz besonderes Vergnügen." Ansprachen von Bundespräsidenten konnten – im Vergleich zu Verlautbarungen französischer Staatspräsidenten aus dem Elysee – hinsichtlich großer Nationalgefühle deprimieren. Aber genau das war auch ihre Qualität. Und ihre Modernität. Gustav Heinemann am schlichten Schreibtisch, dicht vor einer Wand, mit Professorenbrille, wies schon vom Erscheinungsbild darauf hin, daß es um zurückhaltende Moral ging, um die behutsame Besserung der Zeiten, um Aussprache, Kommunikation, Versachlichung konträrer Positionen, Besinnung, um Vernunft, und nie um Überschwang, Radau … oder den Aufbruch ins unbekannte Neue. Bundespräsidenten wurden zu Bürgerberatern; und daß Bundeskanzler wechseln, ja stürzen konnten, mochte zuerst verwirren, bis man mit der Zeit mitbekam, daß es zu den Usancen eines stinknormalen Staates gehörte, der wegen Kabinettsumbildung an keiner Ecke brennt. Die Demokratie mit wechselnden Gestalten und Problemen etablierte sich und wurde sogar interessant.
Es war mitnichten ein häufiges Thema, aber dies Wohlgefühl, in einem Bundesland der Bundesrepublik aufzuwachsen, war da. Es mochte auch darauf gründen, daß um 1968 die Auseinandersetzungen in den Großstädten, das Aufeinanderprallen von Nachkriegs-Establishment, alten Hierarchien und Jugend, die gegen altes Ordnungsdenken auf die Straße ging, bei uns zu Hause durchaus ankamen, wenn auch

durch die Medien gefiltert. Auf dem Land, auf Dreizehn-, Vierzehnjährige dort wirkten Bilder von Krawallen in Freiburg, Berlin, von prügelnden Polizei-Mannschaften, Steine werfenden und rennenden Studenten als sehr ferne Schlacht. Es war in der Idylle mit den Salonwagen der *Osthannoverschen Eisenbahn* nicht gleich nachzuvollziehen, welche Bedeutung es hatte, daß ein Teil einer neuen Generation sich nicht zu unbedenklichen Claqueuren des amerikanischen Krieges in Vietnam machen lassen wollte, daß Studenten in den *Notstandsgesetzen* zu Recht wieder einmal ein Instrument zur Entrechtung von Bürgern sahen, daß diese Diskutierenden und Demonstrierenden es als bedrohlich und unerträglich empfanden, wenn Staatsmänner einer jungen Demokratie den diktatorischen Schah von Persien zum Staatsbankett in Bonn empfingen.
Im nachhinein ist aber sicherlich festzustellen, daß damals eine zweite Geburt der Bundesrepublik stattfand. Aus einem Staat, der Freiheit formal garantierte, wurde ein Staat, in dem sich eine jüngere Generation natürliche Freiheiten nahm. Was an Bildern von empört-ratlosen Politikern, Krawallen in Berlin und Frankfurt in unser Wohnzimmer flimmerte – gemischt mit Bildern von General Thieu in Saigon –, war vielleicht auch die erste Bewegung in Westdeutschland, bei der es nicht um Wohlstandsmehrung und Bravheit ging, sondern um eine Reform des geistigen Miteinanders. Das war neu, gut. Die Erschütterungen überstand die Bundesrepublik vorzüglich und profitierte davon, vom Mustergut an Behördlichkeit auch zum Versuchsfeld für Bürgerinitiativen gegen einen unsinnigen Straßenbau, für Proteste gegen Raketenstationierungen, für Demonstrationszüge pro und contra alte oder neue Paragraphen zu werden.
Die Zeit der großen, frühen Revolten, der Konflikte zwischen Befürwortern und Gegnern vornehmlich des Vietnam-Kriegs, zwischen den Anschauungen, daß Ruhe beziehungsweise Unruhe die erste Bürgerpflicht sei, hatte gewisse Auswirkungen auch auf dem platten Land.
Wir bemalten erstmals Transparente und versammelten uns

in aller Herrgottsfrühe zu einer Kundgebung. Solche Zusammenrottung einer kompletten Gymnasiums-Schülerschaft, die mit Spruchbändern und in Parkas an Bauernhöfen und Getreidefeldern vorbeizog, war neuartig. Zwar ging es nur um die Herabsetzung der Fahrkartenpreise zwischen Wohnorten und Schule, doch, immerhin, man ging für etwas auf die Straße ... wobei die Konfrontation mit alten Autoritäten allerdings dadurch verpuffte, daß etliche Lehrer beim Eintreffen unserer Kundgebung von so viel Initiative begeistert waren.

„Na ja, auch dafür werdet ihr ja erzogen."

Das Jahr 1968 und insbesondere der niedersächsische Kultusminister Peter von Oertzen änderten langfristig jedoch auch die Gewichtung bei der Wissensvermittlung. Neue Unterrichts-Richtlinien für das Fach Deutsch stellten das Auswendiglernen von Balladen in den Hintergrund. Was dem jungen Staatsbürger statt dessen vermittelt werden sollte, war: „das kritische Bewußtsein". *Faust II* kam bei uns gar nicht erst auf den Schultisch; in Deutsch und in Französisch ging es mehrere Wochen gleichzeitig darum – auf *Papers* und in Diskussionsgruppen –, ob Anouilhs rebellische Antigone trotz der Befehle Kreons ihren Bruder Orest begraben durfte oder nicht. Und ganz neu war, daß wir im Rahmen dieser Infragestellung von Autorität nun auch anhand von Zeitungen untersuchten, wie Meinungen gemacht und gegängelt werden konnten. Goebbels' *Sportpalastrede,* Leitartikel des *Neuen Deutschland,* Springers *Bildzeitung* – die drei gehörten irgendwie zusammen –, wurden daraufhin zerpflückt, wie oft Klischee-Redewendungen Gedanken ersetzten, wie kurz ein Satz zu sein hatte, um Parolen-Charakter zu bekommen, wie bei Goebbels, wie in der *Bildzeitung,* wie im *Neuen Deutschland* Konjunktionen vermieden wurden, also Begründungs-, Folge-, Einschränkungs-Nebensätze, die gemeinhin Nachdenken erfordern.

Statt *Faust II* lasen wir Handke, *Die Angst des Tormanns beim Elfmeter,* wobei sich uns der Wert einer Geschichte nicht enthüllte, in der irgendein Österreicher in einem tri-

sten Milieu nichts mehr sagen konnte und, ich glaube, flipperte.
Das taten wir auch, hielten es aber nicht für erwähnenswert und schon gar nicht für ein Ohnmachtssyndrom. Ohne viel zur gesellschaftlichen Erfrischung im Lande beigetragen zu haben, bekamen wir dennoch einiges davon ab: eine *antiautoritäre* Raucherecke auf dem Schulhof, wo es um Liebe, einen mit Wünschelrute in den Supermarkt gehenden Lehrer, um eine Polen-Fahrt zur Gedenkstätte des KZ Stutthof ging; wir hielten Referate über die Frauenrechtsbewegung; und Willy Brandt kniete in Warschau nieder.
Nicht viel später sprach Bundeskanzler Schmidt sogar von einem „Modell Deutschland".
Das gute Gefühl, in einem auf Friedfertigkeit, auf Anstand und auf schlichte Liberalität ausgerichteten Staat zu leben, fand einen Höhepunkt bei den Olympischen Spielen von 1972 in München.
Eine erfolgreiche deutsche Lockerungsübung schien sichtbar und hörbar zu sein. Das Farbfernsehen übertrug eine bunte Eröffnungsveranstaltung, bei der die Nationalhymnen verswingt erklangen. In sonnigen Stadien, unter einem lichten, unsymmetrischen Dach schienen sich Menschen aller Herren Länder gut aufgenommen zu fühlen. Mark Spitz, der amerikanische Schwimmer, war mit 7 Goldmedaillen der Star. Diese Olympischen Spiele zeigten ein unprätentiöses Gastgeberland, das um das Wohlergehen seiner Gäste besorgt war und eine seiner hellblau gekleideten Hostessen gleich an den König von Schweden verheiratete. Die Spiele, ihre Aufmachung, wirkten wie eine Selbstfindung – aus der keine Ansprüche abgeleitet werden sollten. Weiß umlockt, bekannt als Friedensunterhändler in Warschau und Moskau, als nicht der übelste Interpret von *Hoch auf dem gelben Wagen*, saß der Außenminister und baldige Bundespräsident Scheel als Zuschauer unter Zuschauern da.
Dann kam die Gewalt, die Ermordung israelischer Sportler durch Terroristen, und das entspannteste Fest der Bundesrepublik Deutschland wurde zur Trauerfeier.

Derweil ruhte vor der Haustür weiterhin die Deutsche Demokratische Republik.
Ich glaube, im Westen interessierte man sich im allgemeinen nicht mehr für den anderen deutschen Staat. Marxisten mochten in ihm einen entwicklungsfähigen Gesellschaftsentwurf sehen. Aber wer von ihnen wanderte schon nach Stralsund aus? Migrationszahlen sagen einiges über das utopische Potential von Ländern, Gesellschaften aus. Im Laufe der Jahrhunderte wanderten etwa acht Millionen Deutsche nach Amerika aus; schätzungsweise 50000 Amerikaner wurden in Deutschland ansässig. Wieviele Westdeutsche in die DDR zogen, weiß ich nicht ... allerdings gab es wohl einige Liebesheiraten, die einen der Partner von der Mosel an die Saale brachten.
Inwieweit um 1970 DDR-Bürger, zumal jüngere, noch an eine Vereinigung mit dem Westen dachten, weiß ich ebenfalls nicht. Die Bilder, Berichte vom schönen oder kaputten Leben im Westen wurden für sie zunehmend unüberprüfbar, zeigten eine konfuse Welt, die von den Antennen ins DDR-Wohnzimmer transportiert wurde. Das mondäne Leben, das Margret Dünser im ZDF in ihrer *V.I.P.-Schaukel* zeigte, werden DDR-Zuschauer verlockend gefunden haben; die Bilder von Obdachlosen in England oder auf dem Kölner Bahnhof ließen den Westen als beängstigend erscheinen; wenn DDR-Augen sahen, wie in den Straßen von Amsterdam Polizei und Twens sich Schlachten lieferten, erzeugte das in Thüringen wohl zumeist Ratlosigkeit. Genüsse des Kapitalismus und Schrecknisse der offeneren Gesellschaft, die Prêt-à-porter-Shows aus Paris und Drogentote in Frankfurt oder Berlin-West zeigten sich in der Flimmerkiste übergangslos. Der Westen blieb ohne Mittellage – fortwährend steigende Inflationsrate, steigende Arbeitslosenquote und trotzdem Verkehrschaos durch immer mehr Autos. Eine große Welt der sich stets verändernden Zwischenlösungen blieb in ihrem Alltag für den Osten sicherlich ziemlich undurchschaubar, unterschwellig anziehend, aber immer auch furchteinflößend. Wie sollte man in dem Durcheinander le-

ben, in dem sich Kirche und Regierung, Minister und Verfassungsgericht, Intellektuelle untereinander widersprachen? Beinahe inniger als Westdeutsche setzten zuschauende Ostdeutsche auf manche konservativen Politiker die Hoffnung, durch starke Hand auch dem Westland einmal Ordnung und Ruhe zu verschaffen. Denn Freiheit hin, Freiheit her ... zu einer Staatsruhe, übersehbaren Entwicklung, klarer Gesetzmäßigkeit in allem mußte es letztlich doch wohl einmal kommen ... Immer nur Widersprüche, immer nur divergierende Meinungen, aufgedeckte Skandale und das Gezänk im Bundestag konnten doch wohl nicht der Weisheit letzter Schluß sein! Doch, wie rätselhaft, der Staat der lauten Interessenkollisionen löste sich mitnichten auf. Nein, neben allem übrigen, was sich zerstritt, dann auch wieder einen Konsens fand, formierte sich sogar noch Weiteres, energisch und zumeist in Pullovern, was mit einem Mal die Bäume und Bäche retten wollte. Das latente Auf und Ab und Gestreite nebenan florierte irgendwie. Was war nur sein Reiz? Die Freiheitlichkeit?

Ich blieb dem Osten treu. War ich ein DDR-Süchtiger, der einer merkwürdigen Faszination erlegen war, welche von einem abgetakelten, dennoch weiterschipperndem, aus seinen Nebelhörnern tutendem Staatsschiff ausging? Die DDR war so sagenhaft verfehlt. Sie verkaufte Bürger in den Westen und stellte sich dennoch als Paradies dar. Wo gab es dergleichen schwerwiegenden Staats-Kuddelmuddel noch?
„Schalt doch ab!"
„Gleich."
„Wir wollen Inge Meysel sehen, nicht den Sudel-Ede, dies Ekel ..."
„Nur fünf Minuten noch."
War ich in frühen Jahren einer der wenigen West-Zuschauer der Komsomolzen-Abenteuer bei *Professor Flimmrich* gewesen, so betörte mich später der *Schwarze Kanal*, die allmontägliche Polit-Sendung von *drüben*, in der dieser soignierte, bebrillte Karl-Eduard von Schnitzler – SED-Adel –

die Zeitgeschichte kommentierte. Wie beim ZDF-Propagandisten Gerhard Löwenthal, nur eben andersherum, war bei Herrn von Schnitzler die geistige Linie der Sendung sonnenklar: Der Westen zerfiel, zersetzte sich trotz seiner militaristischen Kaltschnäuzigkeit. Doch die sozialistischen Bruderländer standen friedfertig bereit, dermaleinst die ausgepowerten, entrechteten Arbeitermassen des Westens in die Arme zu schließen.
Große Zukunftsdiagnosen.
Die Polit-Sendungen konnten Entsetzen verbreiten. Beim Mainzer Agitator Löwenthal mit seinem ZDF-*Magazin* bekam man den Eindruck, daß es angesichts linker Flugblattaktionen in bundesdeutschen Universitäten, angesichts per se anarchistischer Kriegsdienstverweigerer, angesichts von Bundestagsabgeordneten, die an einer neuen *Panzer-Generation* etwas zu bemäkeln hatten, von evangelischen Pastoren, die im Frontland des Westens Lesbierinnen in den Gottesdienst einbeziehen wollten, das beste und dringlichste wäre, wenn in Bonn endlich eine Riege von entschlossenen Reserve-Offizieren das nächste widerstandsfähige West-Kabinett bilden würde. Löwenthal, der Inquisitor des Westens, der deutsche McCarthy, spürte unerbittlich dem Linksdrall einzelner Postboten nach, malte im gegebenen Moment das Menetekel des Maoismus bei der Bremer SPD-Bürgerschaftsfraktion auf die Mattscheibe, zeichnete das Bild einer nicht mehr resistenten Bundesrepublik, in der nur noch neue Düsenjäger, viel mehr Reizgas für die Polizei, ein gewisser Hausarrest für Willy Brandt, Heinrich Böll, Fixer, Homosexuelle, für die Redakteure des *Spiegel*, der *Frankfurter Rundschau*, verweichlichte Mitarbeiter des *Bayernkuriers*, für psychisch Labile, für Atomkraftgegner und Links-Katholiken das unfreiwillige Abdriften der Bundesrepublik in den Warschauer Pakt hätten aufhalten können. Löwenthal sandte – so man ihn nicht abschaltete – von Mainz aus die Botschaft, daß der Pluralismus die Gefahr in sich berge, daß sich nicht gleich alle Gesellschaftsglieder auf eine behutsame Polizeistaatlichkeit verständigten, auf das

lobenswerte *Berufsverbot* für Randgruppen-Denker, auf kontinuierliche Nachrüstung, auf eine leichte Infragestellung der Oder-Neiße-Grenze. Menschenrechtsverletzungen im Osten prangerte Löwenthal immer an. Menschenrechtsverletzungen im Westen gab es für ihn nicht. Kam ein Sozialist in Frankreich oder England oder in Belgien an die Macht, war der ZDF-Moderator sauer, doch konnte er schlecht dagegen meutern, weil ein gewählter Mann im Elysee oder in Downing Street 10 dann doch ein zu mächtiger Herr und Verbündeter war. Wie ein einsamer Lotse, nämlich stets mutterseelenallein moderierend, von Beitrag zu Beitrag führend, rang Gerhard Löwenthal darum, die ungeheuerliche Wehrhaftigkeit des Westens mit seinen *Overkill*-Potentialen zur noch größeren Wehrhaftigkeit zu machen.

Anders Schnitzler, *Sudel-Ede,* im gleichfalls aufputschenden Gegenprogramm.

Vielleicht aus gutem Grund widmete sich der süffisante Herr im Ost-Berliner Sessel nie den Problemen der sozialistischen Brudervölker. Dort tobte natürlich sowieso die Ernteschlacht mit vollem Erfolg, dort trafen die *gesellschaftlichen Kräfte* in vollstem Einverständnis aufeinander, um mit dem bevorstehenden Fünfjahresplan auch noch die letzten Schwachstellen beim tüchtigen und inspirierten Miteinander der Comecon-Staaten zu beseitigen. Schnitzler mußte die Fortschritte der östlichen Hemisphäre nicht herausstellen, denn die waren ja ohnehin bekannt.

Zynisch ging Löwenthal mit Pazifisten, Zweiflern an der westlichen Konsumgesellschaft um. Zynischer noch wirkte sein Antipode Schnitzler, der durch Westwaren dick blieb. Mit wegwerfender Handbewegung, nur kurz mit den angemessenen sozialistischen Sorgenfalten auf der Stirn, geschützt von der Partei-Führung, rechtfertigte er 1968 den Einmarsch der *Bruderarmeen* in die Tschechoslowakei. Ich wunderte mich, daß ein solch heißes Eisen, der Überfall auf ein Land, im DDR-Fernsehen überhaupt zur Sprache gebracht wurde. Aber für Schnitzler, der keinerlei Fragen von

Studiogästen zu befürchten hatte und locker vor sich hin plauderte, war es einfach „klar", daß „irregeleitete Kräfte in der ČSSR", „teils unter Federführung der CIA" – was womöglich zutraf – zum Wohle des tschechischen Volks beseitigt werden mußten. Der Name Alexander Dubčeks, dieses konfus gewordenen, abgesetzten Partei-Genossen, fiel gar nicht mehr. Nur noch von einer „Clique" war die Rede, die in einem „sogenannten Prager Frühling" der Rückkehr „des Großgrundbesitzes" und des „revanchistischen Großkapitals" entgegengearbeitet hätte. Der „sogenannte Einmarsch", die „Hilfsaktion mehrerer befreundeter Bruderarmeen" hätte das Land im letzten Moment vor dem „unabsehbaren Chaos" gerettet. Schnitzler fand Zitate linientreuer, kleiner tschechischer Kommunisten, die hier von vornherein an die Stelle von Bildern traten, welche gezeigt hätten, wie die Prager Bevölkerung mit bloßen Händen gegen die Panzer vorgegangen war. In trostloser Miesheit waren für Schnitzler die Studenten, die auf dem Wenzelsplatz unter Lebenseinsatz die Soldaten zur Umkehr hatten bewegen wollen, „Rowdys", „kriminelle Elemente", die es leider überall gäbe, und im lange Zeit „falsch experimentierenden Prag" natürlich besonders.

Schnitzler hatte einen leichten und zugleich schweren Posten. Leicht war es, die Richtigkeit sämtlicher Maßnahmen im Osten festzustellen. Schwierig war es, dies fortdauernde Bestehen des Westens aufzufangen und das unleugbare Fortbestehen, auch der EWG, als einen verschleierten Untergang darzustellen. Wenn mich, aus artistischer Sicht, am *Schwarzen Kanal* etwas labte, dann war das die windige Finesse, mit der dem Westen zu Leibe gerückt wurde. Kritik an Zuständen und Zielsetzungen im Westen war angebracht. Die Dauerkritik wirkte ermüdend und eben köstlich durchsichtig. Schnitzler zeigte dem DDR-Zuschauer, der sich in der Realität diese Sendung nicht ansah, durchaus auch die weite Welt. Nur, wie selektiert! Namentlich für jedermann unerquickliche Bundestagsdebatten zu Rüstungsfragen, über Bundeshaushalts-Defizite wurden eingeblendet. Ich fragte mich, warum Kanzler Kiesinger so seltsam trübe aus dem DDR-Fernsehen kam. Später erkannte ich, daß vor der Ausstrahlung von West-Bildern im DDR-Fernsehen ein ganz dezenter Graufilter vorgeschaltet wurde. Wurden auch die Stimmen der westdeutschen Politiker minimal verzerrt? Ich glaube, ja. Hinter Graufilter zischelten sie auffällig oder hatten eine ins Breiige heruntergefahrene Tonlage. Graufilter und Tonverzerrer blieben weg, wenn DDR-Fernsehteams einen Arbeitslosen in Völklingen – wie kamen die Teams dahin? – aufsuchten, um aus einer kahlen saarländischen Küche vom quasi bevorstehenden Hungertod des Proletariers zu berichten. Das problematische Westdeutschland war für Herrn von Schnitzler das für ihn brauchbare, ihm angenehme; er sagte, ich würde in einem Misthaufen leben; ich fand, ich lebte nicht nur im Dung, und wenn schon, dann lebte vielleicht auch Herr von Schnitzler in einem Misthaufen.

Die Vereinnahmung des Globus unterm klassenkämpferischen Aspekt des 19. und frühen 20. Jahrhunderts war beim *Schwarzen Kanal* total. Wieder waren es die obskuren DDR-Teams, die mit Kamera, Mikrofon und West-Devisen durch die Welt reisten; ich frage mich manchmal, ob sie alle nach Ost-Berlin zurückkehrten. Ging es um Indien, konnte ich sicher sein, daß natürlich nicht das Tadsch Mahal gezeigt oder einer indischen Regierung etwas *Goodwill* unterstellt wurde, sondern der Reisbauer erzählte auf seinem Feld, wie auch die Wahl einer anderen Partei – womit er ja vielleicht recht hatte – nichts genützt hatte. Betreffs Frankreich bekam ich in Bild und Ton die Streiks bei Renault vermittelt, und schon die nachfolgenden Tarifverhandlungen zwischen Unternehmern und CGT kamen Herrn von Schnitzler, der Elend darbieten wollte, nicht mehr ganz zupaß. Und die USA! Armes Gebilde! Jahrelang reduzierte sich das USA-Bild des DDR-Fernsehens auf die – ich weiß nicht, warum – inhaftierte Bürgerrechtlerin Angela Davis. Die ewigen Bilder von der couragierten Frau, die offenbar die einzige Vertreterin von Menschlichkeit und sinnreichem Leben in Nordame-

rika war, machten einem die kraushaarige Kalifornierin schon fast wieder unsympathisch.
Gerhard Löwenthal und Karl-Eduard von Schnitzler teilten eine charakterliche Fragwürdigkeit: An Stelle der leisesten möglichen Unterstellung irgendeines guten Willens bei Andersdenkenden denunzierten sie von vornherein, unterstellten ausschließlich bösen Willen und vermehrten so selbst die Bösartigkeit.
Beide lebten im übrigen, mit Haus und Garten, sicherlich gut. Das ZDF-*Magazin* stand für westliche Zucht-und-Ordnung; der *Schwarze Kanal* stand für östliche Zucht-und-Ordnung. Beide Sendungen waren folglich nicht von höchstem Niveau.
Der *Kanal* jedoch konnte, wie Fliegenpilzgift, ein wenig süchtig machen: Die Behäbigkeit, mit der dort die Etiketten Gut und Böse ausgeteilt wurden, Bukarest gut, Washington böse, Willi Stoph ehrbar, Helmut Schmidt fragwürdig, Manöver im Osten nur für den Frieden, Truppenübungen in der Eifel nur für den möglichen Krieg, war allzu atemverschlagend. Der *Schwarze Kanal* kratzte, ungesehen, an westlicher Selbstgefälligkeit. Er kratzte daran so rechthaberisch und bieder, daß ich froh war, drei Kilometer neben dem Einzugsgebiet dieses Inquisitionstribunals mit ganz anderen Problemen zurechtkommen zu müssen.
„Stell doch den ollen Schnitzler ab!"
„Ach, der lenkt gut vom Leben ab. Und Inge Meysel kennt man ja." Karl-Eduard von Schnitzler machte mich, unbeabsichtigt, zum Westler; er überspannte zu sehr den Bogen, die Welt, in der ich zufällig lebte, als etwas Wertloses darzustellen. Das läßt man sich von einem Herrn aus einem Sessel nicht bieten.
Brandts und Bahrs Reisen nach Warschau und Moskau, den Abschluß der Ostverträge, später dann die Solidarność-Bewegung in Polen bekam er agitatorisch nie in den Griff. Die letztlich nicht unterdrückten Öffnungen und Veränderungen in den *Bruderländern* durfte er nicht verdammen. Im *Schwarzen Kanal* dann aber Lech Walesa und Michail Gor-

batschow zu loben hätte etwas von einem Papsttum gehabt, das 1520 erklärt hätte: „Wunderbar. Jetzt erneuern Zwingli und Dr. Luther die katholische Kirche."

Bei dem unumgänglichen Hin- und Herschweifen zwischen Niedersachsen und Sachsen-Anhalt, bei meinem spontanen Rückblick auf mein Grenzlandtum, hebe ich nicht auf das Materielle ab: auf sieben Sektsorten bei *Edeka* und *Rotkäppchen-Sekt* im HO-Laden. Daß die materielle Versorgtheit zum Glücksgefühl beitragen kann, wissen wir. Daß sie kein Glück schafft, wissen wir auch. Und daß die mitteleuropäische Waren- und Komfortanhäufung keine gottgewollte Dauerbevorzugung von ein paar Millionen Menschen sein kann, ist ebenso klar. Nur einmal protzte ich als 18jähriger in übler Westlermanier im anderen Teil Deutschlands. Mit frischem Führerschein und dem neuen Wagen meines Vaters, mit heruntergekurbelter Scheibe und lauter Musik fuhr ich durch Dresden spazieren. Die Passanten quittierten es mir sinnvollerweise damit, daß sie mir Aufschneider keine Aufmerksamkeit schenkten. Angesichts *Metallic*-Farbe, West-Nummer und der vielen leisen PS bewahrten sie Souveränität, ihre eigene Hoheit.

Zwischen Waddekath im Kreis Salzwedel und meinem Heimatort detonierten Minen. Auf der einen Seite patrouillierte der Bundesgrenzschutz, wurden Aussichtsplattformen und Informationshäuschen gebaut, in denen Grenzgeschichte und Grenzverlauf dokumentiert waren. Auf der Ostseite, hinter dem Niemandsland, wechselten die Jahrgänge der Grenzsicherungs-Truppen. Irgendwann waren dort die *Selbstschußanlagen* installiert, um Republikflüchtlinge bis dorthin und nicht weiter kommen zu lassen. Die innerdeutsche Grenze war durch Wachttürme in regelmäßigen Abständen markiert. Noch kurz vor ihrer Auflösung baute die DDR dort einen alles überragenden Turm mit kugelförmigem Aufbau. Die Umrisse dieses rätselhaften Objektes im Wald waren, je nach Sichtverhältnissen, schon zehn, zwanzig Kilometer vor der Grenzlinie am Horizont zu erkennen. Wir, im Westen, hatten das Gefühl, daß von diesem Pilz-Ungetüm nunmehr alle Telefongespräche abgehört werden konnten. Doch dieser Verdacht, daß jetzt die *Staatssicherheit* mit am Apparat hing, mußte nicht kümmern.

Wo – im Osten wie im Westen – die gegeneinander gerichteten Marschflugkörper mit den atomaren Sprengköpfen postiert waren, wußte wohl kaum ein DDR- oder BRD-Staatsbürger. Die endzeitliche Widerlichkeit der Situation war alltäglich.

„Es regnet. Wo willst du hin?"

„Ein bißchen zur Grenze."

„Zieh dir was Warmes über!"

Ich ging viel und lange spazieren. Ich fuhr oft Fahrrad. Ich weiß nicht, wie oft ich an die Grenze fuhr. Der Endpunkt der Nato und der Beginn des Warschauer Paktes lagen am Ende einer Apfelbaumchaussee, wo die Teerstraße in Kopfsteinpflaster überging, das sich nach wenigen Metern in Buschwerk und Morast auflöste. Doch schon drei Kilometer davor machte sich das Monstrum aus Maschendraht, Todesstreifen, Beleuchtung von der Ostsee bis nach Thüringen bemerkbar. An der östlichen Ausfallstraße meines Heimatorts, auf der Salzwedeler Straße stand ein großes, altes Hotel, das an dieser Stelle niemandem mehr diente und das vernagelt war. Bis auf den Verkehr von Anwohnern war diese ehemalige Hauptstraße nutzlos geworden und still. Salzwedel in der Altmark war die westlichste Kreisstadt der DDR, ehedem die Hochburg der Baumkuchen-Bäckerei, aber es gab keinen Weg dorthin.

Es ist nicht einfach, von den zahllosen, kleinen Rad-Ausflügen ans Weltende zu erzählen. Mehr als Abenteuerlichkeiten spielten Stimmungen eine Rolle.

Die Grenze hatte um sich eine eigene Landschaft gestaltet. Auf gut ausgebauten, belebten Straßen konnte ich in Richtung Norden, Süden, Westen fahren. Nirgends jedoch gab es soviel Stille, stillstehende Zeit, ungemähte Wiesen, ruhige Lichtungen, so menschenleere Feldwege wie in Richtung

Osten. Eine Hälfte der Welt schien hier, wo Habichte, Bussarde kreisten, auszuatmen, ehe die andere Welthälfte, die der Kollektive, einzuatmen begann. Auf den äußersten Wiesen des Westens wuchsen ungestört die schönsten Blumen. Und die Kühe, die dort weideten, sahen mitunter nur den Bauern, der mit dem Traktor abends zum Melken kam.
Alles, was mit dieser Grenze zu tun hat, ist heikel. Von Osten aus galt sie als Schutzwall vor den Schrecknissen der Ellenbogengesellschaft, galt sie sehr viel mehr Menschen wohl als ihre Gefängnisumzäunung. Von Westen her verursachte sie andere Gefühle.
Nicht nur wegen der ruhenden Natur, wegen der Freiheit im Alleinsein radelte ich häufig über die Sommerwege zwischen Suderwittingen und Schafwedel am Niemandsland entlang. In einer Gegend, in der es wenig Spektakuläres gab, war die hölzerne Aussichtsplattform direkt vor den Dächern des vordersten Ost-Dorfes ein sensationeller Platz.
Man brauchte bloß ein paar Stufen zu erklimmen und konnte von einem Augenblick auf den anderen aus dem Alltag in das Fremdartige, vom hektischen Teil des Landes in den tragisch beruhigten schauen. Von den Aussichtsbalken aus sah man, hinter Zaun, Minenfeld, fast immer leerer Fahrpiste für östliche Militärfahrzeuge, nicht nur die alten Dächer Waddekaths. Man erblickte die großen, klapprigen LPG-Fahrzeuge, neutrales östliches Federvieh, sehr selten Menschen, sah Fenster mit stets geschlossenen Gardinen oder DDR-Blumentöpfen.
Das Panorama eines ehedem (und jetzt wieder) gewöhnlichen Dorfs in Mitteleuropa – seinerzeit im Sperrgebiet und mit keinem Paß erreichbar – wirkte so beklemmend wie erregend, nämlich so wie etwas sehr Beklemmendes sehr erregend sein kann. Und das war zum Greifen nah! Wer auf das in furchtbarer Weise romantische Waddekath blickte, den Wohnort am Todesstreifen, wurde überdies selbst beobachtet. Der Wachtturm der Nationalen Volksarmee erhob sich keine zwanzig Meter vom westlichen Aussichtspodest entfernt. Was für eine Spannungslage! Hinter Glasscheiben

im Turm sah man Soldaten. Man sah, daß sie durch Feldstecher schauten. Die irrwitzige Situation des Beobachtens bei gleichzeitigem Beobachtetwerden trug sich zwischen Waldstück und Stallungen zu. Sowohl auf dem Wachturm wie auf dem West-Balkon hatten die stummen optischen Begegnungen einen Erlebniswert. Sicherlich nicht einmal täglich kamen West-Besucher vorbei, um en passant „mal einen Blick" in den Osten zu werfen. Ihr plötzliches Auftauchen vor den Grenzsicherungen unterbrach sicherlich die ungeheuerliche Monotonie des DDR-Grenzdiensts. Es wäre interessant, zu erfahren, welche Mutmaßungen die Soldaten auf dem Turm im Grünen über die stets Wildfremden anstellten, die unter Kopftüchern und Hüten, mit Schirmen unvermittelt einige Momente lang nach Waddekath schauten. Vielleicht kam es auf dem Ost-Turm, der inzwischen spurlos verschwunden ist, auch gar nicht zu Mutmaßungen über diese Grenztouristen, die nach fünf Minuten wieder in einen *Fiat* oder Kleinbus stiegen und auf der westlichen Landstraße entschwanden.
Der *Grenzübersichtspunkt* war ein mächtiger Ort. Nachfolgende Generationen werden nicht nachprüfen können, welche Spannung über einer unterbrochenen, nun wieder zusammengehängten Straße lag. Ob man es vorhergesehen hatte oder nicht, der Blick auf die großen LPG-Felder stieß den unbekümmertsten West-Besucher im Nu auf viele, im Alltag sonst nicht gedachte Gedanken. Ja, es war ein geradezu intellektualisierender, auch deswegen kaum beliebter Ort. Wer gerade vom Kaffeetrinken kam, wer – aus Lüneburg kommend oder aus dem Ruhrgebiet – hier einen Kurzhalt einlegte, zuerst in noch unbestimmter Gemütsverfassung die Holzstufen hinaufstieg, wurde Sekunden später, auf der Aussichtsebene, in die größten geschichtlichen Dimensionen katapultiert. Vor der Grenze, am Todesstreifen, verstummte alles Plaudern mindestens für einen Moment. Wer die Hühner und Enten hinter den Scheunen, unter den Grenz-Peitschenlampen sah, wurde gestreift von allem, was sich nach 1933, nach der Machtübernahme Hitlers in Mittel-

europa, ja selbst in Korea, auf Kuba abspielte. Die Grenze wurde für den, der sie anblickte, plötzlich zum kurzfristig unentrinnbaren Geschichtsbuch. Von vornherein sprach sie von deutscher Schuld und deren Resultat, der Zerschlagung eines aggressiven Landes in zwei Teile. Selbst wenn man in Dortmund, Freiburg oder Minden zehn Jahre lang nicht oder überhaupt nie an das Ermächtigungsgesetz für Hitler, an den Überfall auf Polen, die Menschen-Vernichtung in den Konzentrationslagern gedacht hatte: Hier sah man einen Teil der Ernte – Selbstschußanlagen, in den scheinbar modernsten Zeiten. Über zerrissener Flur schauten Leute de facto zwar nur auf ein Kaff, aber im selben Moment wußte man vom Roten Platz, vom Kaminzimmer im Weißen Haus in Washington, von großer Politik und ihrer Bedeutung im kleinen.

Nach einem ersten wertvollen Schweigen angesichts der Narbe Europas wurden die Grenzsoldaten im Turm zumeist rasch zum Gegenstand von Bemerkungen.

„Die wollen auch nur rüber."

„Ach, das sind doch ganz scharfe Hunde!"

„Das sind doch wahre Unmenschen."

„Warum knallen unsere die nicht mal zwischendurch ab?"

„Guck mal, der schaut die ganze Zeit unseren Wagen an. Weil er sich nur ein Fahrrad leisten kann."

„Komm, wir müssen zu Lotti, die wartet mit dem Kaffee ..."

„Nein, wie schrecklich, das ist ja zu schrecklich hier ...

„Mal ohne Ankündigung eine Bombe rüber, und der ganze Spuk ist vorbei. Wozu haben wir denn das Zeug."

„Die schießen zurück!"

„Da müssen wir eben schneller sein, Roswitha. Aber mit unserer Wehrmacht ist ja nichts los."

Je weiter entfernt die Grenzbetrachter lebten, desto roher fielen die beschließenden Statements aus. Anscheinend war für einige Gemüter aus Aachen oder dem Breisgau Ostdeutschland nichts traurig Naheliegendes mehr, sondern wirkliches fremdes, preußisches Feindesland. Wer in Grenz-

nähe wohnte, war behutsamer im Umgang mit den drübigen Menschen und Seen, zu denen er als Kind vielleicht zum Baden gefahren war.
Irgendwann in den frühen 70er Jahren erlebte ich die absurdesten Grenzvisiten. Auf einer *Interrail*-Reise hatte ich zwei junge Amerikanerinnen kennengelernt, Barb und Jane aus Milwaukee. Die beiden waren mit mir in die Lüneburger Heide gekommen, wo sie bei ihrem Zug-Gerase zwischen Neapel, Paris, Helsinki und Salzburg gerne Rast einlegten. Zur selben Zeit hielt sich – mit Sondergenehmigung für eine der erfundenen Familientrauerfeiern – eine meiner Ost-Berliner Tanten bei uns auf. Alle drei, Jane, Barb, Tante Hilde, hatten die innerdeutsche Grenze niemals gesehen, und meine Tante wollte den Zaun auch gar nicht anschauen, hinter dem ihr Leben sich abspielte. An einem sommerlichen Spätnachmittag fuhren wir dennoch zu viert zum Aussichtspunkt. Schon beim Gewahren des Wachtturms in der Ferne geriet meine Tante in Angstzustände, konnte kaum mehr ihr Zittern meistern. Sie hatte panische Angst, photographiert, identifiziert und zu Hause drangsaliert zu werden. Ich sprach ihr und den beiden verstummenden Amerikanerinnen Mut zu: „Hier kann nichts passieren." Wie später David aus New York waren um 1975 Barb und Jane wie vom Schlag gerührt, als sie das erste und wohl einzige Mal in ihrem Leben das Ende der Selbstverständlichkeiten vor sich sahen. Bei Waddekath war Schluß mit Coke und Beauty-Fluid, mit Joints, Salinger-Lektüre und *Europe-in-three-weeks.* Und meiner Tante fügte ich nur Ungutes zu, als ich sie drängte, sich „doch einmal von Westen aus" die Deutsche Demokratische Republik anzuschauen.
Die DDR-Grenzer konnten noch weniger ahnen als sonst, welche Gesellschaft sie hinter dem Geländer erblickten. Eine zitternde Staatsbürgerin, die sie ansonsten zu bewachen hatten, zwei Amerikanerinnen, die meine Tante fragten:
„And you really live behind it?"
„Berlin."
„My God."

Von Klassenkampf, Weltverbesserung hier oder da, war an der Grenze nichts zu spüren. Kleinbürger schauten Kleinbürger an.

Die Grenze gab mir Anlaß zu poetischen Momenten. Ich konnte am Wachtturm vorbeischauen und „Dresden" sagen, „O Rostock!" – konnte an die gefangene Gräfin Cosel, den von Friedrich dem Großen weggefegten Brühl denken, mir unter Tangermünde an der Elbe, das ich nie gesehen hatte, einen gewaltigen, in Dornröschen-Schlaf gefallenen Ort mit seinen Geheimnissen vorstellen. Was nicht zu erreichen war, Tangermünde, Salzwedel, Hiddensee, belebte die Phantasie.

Jenseits der Erlebnisfülle, der poetischen Faseleien, welche die Grenze bescherte, blieb sie schlichter Terror. Ein Terror, der vom Einparteien-System und den privilegierten Greisen von Wandlitz gepflegt wurde. Sie drohten, zumindest verbal, mit der Ausräucherung des Westens und dem selbstredenden Triumph der nicht sonderlich verlockend geratenen Arbeiter- und Bauernmacht.

Nun gut. Irgendwann reagierten wir, Freunde und ich, auf diese ungehörige Herabsetzung unseres Lebensraums, unserer Lebensbejahung und unserer Lebensmühen. Wir veranstalteten ein Picknick. Für die hochsommerliche Nachtveranstaltung auf der Aussichtsplattform nahmen wir PartyKerzen mit, körbeweise Wurst, Käse, *Wittinger Bier 1429* und für die Musik ein Kassettenradio. Direkt auf dem Holzgerüst, vor dem Todesstreifen und, vor allem, vor den Augen der Nachtschicht der Grenzsoldaten begannen wir unsere Open-Air-Party. Das Motto dieser Gegenveranstaltung zum theoretisch besseren Staat im Osten, der uns zusehen mußte, war denkbar einfach: „Lang lebe die sogenannte Dekadenz."

Es war, im Sinne des Lebens, gar nicht übel, daß wir am Waldesrand auf der Aussichtsplattform am Ende sogar vögelten, während drüben wahrscheinlich Meldung an die Divisionszentrale gemacht wurde.

„Küß mich."

„Reich mir mal das Baguette herüber ..."

Und Leonard Cohen sang dazu. Oder war's sogar, bescheidener, Reinhard Mey?
Im Badischen, am Bodensee, im Raum Düren machte man sich keinen Begriff davon, zu was die Grenze anregen konnte.

Am 16. Juni 1991 wurde Berlin zur deutschen Bundeshauptstadt. Ob der Anspruch der Berlin-Enthusiasten stimmt, daß Berlin – im Gegensatz zum abgestoßenen Bonn – die historische Kapitale Deutschlands sei, bleibt dahingestellt.
Gemeinhin läßt man die deutsche Geschichte nicht mit dem Jahr 1871 beginnen, dem Jahr, in welchem Berlin für knapp drei Generationen zum Sitz deutscher Regierungen wurde. Als geschichtlicher Mittelpunkt könnten Frankfurt am Main oder Regensburg auch Rechte anmelden. In vor-nationalistischer Zeit, als Deutschland wesentlich behäbiger und sogar umfangreicher war, wurden in Frankfurt fast 500 Jahre lang deutsche Herrscher gewählt; und Regensburg war, nach zahlreichen Reichstagen seit dem 11. Jahrhundert, Tagungsort des Immerwährenden Reichstages. Wien muß bei dieser deutschen Hauptstadt-Debatte beiseite gelassen werden; daß in Wien aber ein halbes Jahrtausend lang die deutschen Kaiser zu Hause waren – in Berlin dagegen 47 Jahre lang –, ist wieder ein anderes Thema. Es wird sich zeigen, wie sehr das Regieren von Berlin aus dem Föderalismus und der friedlichen Wohlfahrt in Europa dienen wird. Bis zur Maueröffnung am 9. November 1989 war West-Berlin ein Biotop alternativer Lebensformen, ein eingemauertes Irrlicht in der Mark Brandenburg, Wohn- und Arbeitsplatz stinknormaler Bürger. Bis 1989 galt Ost-Berlin – soweit ich es von Polen, Ungarn, Russen gehört habe – als die langweiligste Hauptstadt Osteuropas.
1974 unternahmen wir die obligatorische Klassenfahrt nach West-Berlin, um als junge Bundesbürger mit der besonderen Lage, mit dem besonderen Spannungsfeld, mit den besonderen Zuständen der Vier-Mächte-Stadt vertraut ge-

macht zu werden. In dieser wirklichen Großstadt ohne Polizeistunde, unter alliiertem Hoheitsrecht, offenbarte sich das Spannungsfeld natürlich auch darin, daß Mitschüler und Mitschülerinnen bisweilen erst nach dem Frühstück in die Jugendherberge zurückkehrten, um vor dem gemeinsamen Aufbruch in die Dahlemer Museen, zur Diskussion mit einem Senatsbeauftragten zu offenbaren, daß man nach 3 Uhr früh in Charlottenburg viel weniger Diskotheken fände als in Schöneberg, wo es mit der Nacht-Bar „Fritz & Fritz" tatsächlich etwas Spezielles auf sich hätte.
Berlin brachte Schwung und wenig Schlaf.
Selbstverständlich besuchten wir als ländliche Schar, mit langen Haaren, Leder-Armbändern, Jeans-Jacken, in *Boots*, verkatert und quietschfidel auch Ost-Berlin. Selbstverständlich wurden wir 18jährige kontrolliert. Selbstverständlich wurden die Reisepässe vollgestempelt, selbstverständlich war es grotesk, wie nach dem TagundNacht-TamTam in West-Berlin mit einem Mal wieder die Polizeistaatlichkeit um uns war: sehr wenig Autoverkehr, und die als sensationell gepriesene Weltzeituhr auf dem Alexanderplatz animierte nur zum kurzen Betrachten.
Natürlich war das „Projekt Berlin" nur ein Witz.
Ich erinnere mich nicht, wer, wann und wo auf das „Projekt Berlin" kam. War es Mitschüler Peter vor der Baustelle der DDR-Volkskammer am Marx-Engels-Platz? War es ein anderer Mitschüler später in einem Café am Savignyplatz? Verglichen mit unserem kleinen „Berlin-Projekt", war die nächtliche Grenzlandparty von neckischer Privatheit gewesen.
„Man sucht doch immer nach einer Berlin-Lösung!"
„Ja. Und?"
„Wie diese hochsubventionierte, lebensunfähige, halbe Stadt kein Krisenherd mehr sein muß!"
„Ja."
„Also, ganz einfach, da gibt es zwei Möglichkeiten. Der Osten will doch immer West-Berlin. Gut. Man evakuiert West-Berlin, baut für seine Bewohner tief im Westen etwas

schönes Neues auf – Berlina Nova –, bringt alles Kostbare aus der Stadt heraus, jagt das leere West-Berlin einfach in die Luft und tritt die Halde dann formal an die DDR ab. Dann ist Schluß mit Berlin-Krisen."

„Oder?"

„Das Große Berlin-Projekt!"

„Das große Was?"

„Damit weder Berliner noch Einreisende schikaniert werden können, läßt man die Autobahn von sich aus veröden und richtet von Frankfurt, Hannover, Braunschweig, Paris permanente *Shuttle*-Flüge ein. Obwohl die DDR vor Wut rasen würde, hätte sie auskontrolliert. Dann bräuchte man noch eine energische Antwort auf die unverschämte Mauer. Da wäre ein *Palast des Westens* ideal! Das Größte, Ungeheuerlichste. Warum nicht gerade entlang der Mauer das abenteuerlichste Gebäude der westlichen Welt bauen, den totalen *Palast des Westens?* Mit Palmengärten, Swimmingpools, Freilicht-Kinos auf dem Dach, Türmen mit Glockenspielen, 24 Stunden alles in Licht getaucht, und jede Woche ein gigantischer, allen offenstehender Senats-Ball vor dem Brandenburger Tor. Die DDR-Führung bräche gebeutelt zusammen."

Diese Steigerung des Ost-West-Konfliktes, die kolossalische Baumaßnahme, die Verwandlung West-Berlins in eine fortwährende freche Terrassen-Party, die Nervenkollapse im ZK der SED ein paar hundert Meter weiter blieben aus. Derzeit wäre es auch umständlich, zumindest entlang des Wannsees, zwischen Neukölln und Treptow, dem Gropius-Bau im Westen und dem Preußischen Landtag dreißig Meter weiter im Osten, jenen rücksichtslosen Phantasie-Palast des Westens mit seinen Glockentürmen und durchgangslosen Triumphpforten wieder aus dem Wege zu raumen.

Erik Ode war ein schmächtiger Mann.

Dieser Mann von unscheinbarem Äußeren war Schauspieler schon zu Ufa-Zeiten gewesen. Ich weiß nicht genau, wann es war, daß Erik Ode in einer der erfolgreichsten westdeutschen Kriminalserien, *Der Kommissar*, den Titelhelden zu verkörpern begann. Es mag Ende der 60er Jahre begonnen und bis weit in die 70er angedauert haben. Erik Ode als Kommissar stellte, zumindest in meinen Augen, etwas Bemerkenswertes dar. Ich verfolgte die Episoden, in denen der Staatsangestellte das Verbrechen bekämpfte, keineswegs mit Regelmäßigkeit. Dennoch will es mir scheinen, daß Erik Ode und *Der Kommissar* für eine Spätzeit der Bundesrepublik, dieses in vieler Hinsicht erfolgreichen, in vieler Hinsicht kritikwürdigen Staates, standen.

Bonn war die politische, Frankfurt die monetäre Hauptstadt jenes vergangenen Landes; Herbert Reineckers Serie um den Beamten in Zivil machte in gewisser Weise München zur dritten, zur *heimlichen Hauptstadt* der Bundesländer-Passage zwischen Skandinavien und Österreich. München offenbarte sich jeden Freitag als Wohnort der Reichen, als interessanter Schauplatz von Verbrechen, als Tummelplatz für extravagante Erscheinungen, anscheinend herkunftslose Halbweltgestalten, Drogensüchtige und Galeristen mit internationalen Nebengeschäften, denen der *Kommissar* mit seiner eingespielten Crew bis nach Starnberg hin auf den Pelz rückte.

Die meisten deutschen Kriminalserien spielten seither in München, worin es bald von Berlin als der facettenreicheren, spannungsgeladeneren Großstadt abgelöst werden könnte.

Der Schauplatz München, die Ersatz-Metropole des Westens, und die Geschehnisse des weltweit erfolgreichen TV-Longsellers hatten ihre eigene Aura, die ich als ausgeprägt westdeutsch empfand. Angefangen vom Schauplatz bis hin zum Kommissar und seiner Sekretärin, Frau Rehbein, herrschte an keiner Stelle etwas Großes, Rasantes, Pathetisches in diesen Krimis. Kein Weltstadtflair, keine atemberaubende Unübersichtlichkeit à la Los Angeles oder London konnte oder wollte die Serie vermitteln, sondern sie fußte auf einer vollends konsolidierten Bundesrepublikanität, auf einer gewissen betuchten Mittelmäßigkeit in allem, auf

Schattenseiten, leichten Verrücktheiten links und rechts davon.

Wie die halbe Weltstadt zu einem halben, aber innerlich völlig souveränen Land paßte, paßten auch die Verbrechen, die in der Serie begangen wurden, in dieses sich selbst gefallende Milieu von wachsendem Reichtum und verkraftbarer moralischer Porosität. Kein Harlem, kein Beverly Hills standen für die Verbrechen zur Verfügung, sondern nur ein paar gepflegte Hinterhöfe in Schwabing und die kühlen, nicht allzu beeindruckenden Villen von Neureichen in Grünwald. Hier konnten, bei der allwöchentlich wohligen bundesdeutschen Verbrechensschau, nicht wirklich sensationelle Taten geschehen, keine Massenmorde, keine Ausuferung des Bösen in Form von Massenkarambolagen bei einer Autojagd. Im arrivierten westdeutschen Krimi, in einem arrivierten Land, standen solcher Hektik Fußgängerzonen und Baustellen im Wege. Die mittelmäßige Gediegenheit, die ich schon damals als vielsagend empfand, nämlich als eine vor sich hin köchelnde, nicht üble bundesdeutsche Langeweile, äußerte sich auch in der Art der Missetaten. Eine Ehefrau, selbständige Photographin, erschoß im Affekt ihren Ehemann, bei dem sie zu Unrecht einen Seitensprung vermutet hatte; eine verschlossene Gesellschafterin überfuhr ihre alte Arbeitgeberin, eine Industriellenwitwe, um ans große Geld zu kommen; ein Fixer vom Hauptbahnhof brach in eine Tankstelle bei Daglfing ein und stach unglücklich auf einen herbeieilenden Passanten ein; ein Immobilien-Eigner wurde tot in seiner Acht-Zimmer-Wohnung gefunden, und alle Mitmieter seines Anwesens gerieten unter Tatverdacht. Stets war Nachvollziehbares an den Untaten, nie steigerten deutsch-münchnerische Verbrechen sich zum Alptraum; auf recht stille Weise sündige Menschen wurden am Ende immer recht dezent, von dazu beauftragten Mitbürgern, hinter Schloß und Riegel gebracht.

Ich wiederhole mich gern, wenn ich sage, daß ich dies alles als ausgesprochen spät-bundesdeutsch und als gar nicht übel empfand. Eine Herbstlichkeit lag in der Luft, wenn die

BMW der Aufklärungsmannschaften vor den Häusern und Wohnungen der Tatverdächtigen hielten. Ein Schußwechsel, eine solche Eruption des Willens in der durchorganisierten Zivilisation, war eine Seltenheit. Statt dessen wurde im Polizeipräsidium, bei Verhören, kombiniert, wurden Täter oder Täterin durch Fangfragen zermürbt und schließlich überführt: „Ja. Ich war's. Vielleicht konnte ich nicht anders ..." Sicherlich war es die Abwesenheit des Rasanten, einer wehrhaften, gigantischen Unterwelt, die Abwesenheit des Pomps von Gut und Böse, was diese Dutzende, wenn nicht Hunderte von Folgen – später von Siegfried Lowitz' *Der Alte* und mit dem Kommissar *Derrick* verlängert – so bundesdeutsch machte. Eine gewisse übersichtliche, sehr gepflegte Provinzialität ließ das Böse nicht zum souveränen Imperium werden; und das Gute seinerseits, die mitmenschliche Kripo-Mannschaft, wirkte auch immer etwas ermüdet vom Leben. Das bequem zwischen Frankreich und Osteuropa lagernde Land, das sich weltpolitisch Gott sei Dank nicht muckste, das mit immer schlechterem Gewissen Besitz häufte, die Natur technisierte, bekam die Verbrechen, die zu ihm paßten, die Ordnungshüter, die auch kein sonderliches Aufhebens mehr um Moral und Unmoral machten, sondern nur das nötige Maß an Ordnung aufrechterhielten. Etwas Liberales, Verschwommenes beherrschte die Serie und der kleine Imperativ: „Bekenne dich zu deinem Verbrechen, es kann jedem passieren, und es ist halb so schlimm – wir sind ja alle gezeichnete Menschen." Im Grunde war es gar nicht wichtig, exakt mitzuverfolgen, wer, auf seiten der Halb-Guten oder Halb-Bösen, wann zu welchem Zweck was tat. Maßgeblich war die *Stimmung* des Ganzen. Eine Verfilzung von Tun und Lassen, von Fahrten zu einem V-Mann oder direkt zum Tatort, das Verhör einer Jugendfreundin oder des Gärtners des Verdächtigen, die Flucht des Täters noch bis zur U-Bahn-Treppe oder seine ruhige Festnahme beim Frühstück – ein Gewebe von Zufälligkeiten ohne althergebrachte Profilierung von gebürtigen Schurken oder gebürtigen Rechthabern bestimmte das Kommissar-Labyrinth, das – eben wegen sei-

ner genußvoll schwermütigen Verfilztheit – nicht schlecht Westdeutschland präsentierte. Zwischen Recht und Unrecht ging es weiter, mit schöner, schlaffer Exaktheit.
Frühere Inspektoren, Polizisten, Kripo-Männer waren hektischer gewesen als Erik Ode. Sie waren, in der frühen und späten Nachkriegszeit, als wieder Ordnung herrschen sollte, mit Schäferhund-Rudeln und Hundertschaften Kindsmördern, geistesverwirrten Entführern, ersten D-Mark-Erpressern und Mördern von Prostituierten hinterhergehetzt. Solches Tamtam, das mit dem Tamtam des Wirtschaftswunders, der Aufbauzeiten korrespondierte, gab es in Odes Zeiten nicht mehr. Er steckte unaufgeregt die Fahndungsfähnchen in den Münchner Stadtplan, er suchte mit einem Lächeln die Lokale auf, in denen Hehler sich ihr Stelldichein gaben, er ließ die Sekretärin Rehbein, eine Frau kurz vor dem verdienten Ruhestand, nicht mitstenographieren, wenn ein tränenüberströmter Transsexueller sein Herz ausschüttete und gestand, daß er das Opfer zwar noch gesehen, aber niemals umgebracht habe. Erik Ode war ein passabler neuer deutscher Bürger. Er war, als Kommissar, ohne Sendungsbewußtsein, er hätte achtsamer Wähler aller (immer ähnlicher werdenden) Parteien sein können, er hängte seinen Mantel so ohne Hektik an den Haken, wie es seine Kollegen vom FBI, in Paris oder in der Polizeipräfektur von Brüssel auch tun mochten.
Und ein Drittes zeichnete diese Serie als etwas neuartig Entspanntes aus Westdeutschland aus: Gastarbeiter, Einwanderer, Aussiedler, einheimisch Gewordene spielten in ihr eine bedeutsame Rolle. Der Türke wurde Zeuge. Die Hausmeisterin aus Jugoslawien öffnete Wohnungstüren. Der portugiesische Koch beim *Wienerwald* am Odeonsplatz hatte etwas gesehen. Die Serie, die Gänge des Kommissars integrierten Fremde, nahmen sie endlich als so oder so geartete Mitbürger auf, und wenn auch der Tatverdacht vierzig Minuten lang auf einem lichtscheuen Afrikaner lag, so konnte am Schluß doch der akkurat wirkende deutsche Hotelbesitzer der Täter sein.

In vielfältiger Weise spiegelte *Der Kommissar* also eine Bundesrepublik wider, in der auch ich mich wohl einrichten konnte: In süßer Provinzialität, die jedoch auch Züge des Weltläufigen hatte, standen sich ein gewisses Maß an Übeln und ein gewisses Maß an Ordnung, zum Schutze vor Anarchie, gegenüber. Nicht mehr blanker Materialismus, Raub und Mord wegen Geld waren entscheidend, vielmehr das Psychologische, die Frage, was diesen oder jenen zur Untat und dann vielleicht zum Geständnis trieb. Die Serie flocht Geschehnisse in Deutschland in das Netz von Geschehnissen in Frankreich, Großbritannien oder Benelux ein, und das konnte nur so sein, weil die Bundesrepublik offensichtlich zu einem normalen Land geworden war. Aktennotizen, die in Paris vorlagen, wurden nach München telefoniert; die dänische Modeschöpferin, die am Starnberger See wohnte, war eine Serienfolge lang die beste Informantin, um das Verschwinden des Adoptivsohns eines Kaufhausbesitzers aufzuklären.

Zeitgleich zum *Kommissar* flimmerten natürlich auch die amerikanischen Serien über europäische Bildschirme. Mit der Dynamik der US-Produkte konnte das deutsche Erzeugnis selbstverständlich nicht mithalten. In den Hollywood-Werken, z. B. *Auf der Flucht* oder *Tennisschläger & Kanonen,* zeigte sich die bewegte Kehrseite einer viel bewegteren, offenen Gesellschaft. Oft an der Polizei vorbei stieß dort ein Privatdetektiv auf blutige Taten, klärte sie – auch ohne sich um behördliche Instanzen zu kümmern – im Alleingang und oft unter Waffengewalt auf. Die Weite des Landes ermöglichte Autojagden, Versteck- und Greifspiele, die nur am Lake Michigan und nicht am Starnberger See machbar waren. Der amerikanische Privatdetektiv dachte kurz nach, handelte schnell, unser Kommissar dachte lange nach und handelte ein bißchen. Ersterer war der Vertreter einer wenig kontrollierten Gesellschaft, die in ihrem Traum von sich selbst auf Privatinitiative, Vitalität, eigenem Willen und eigenem Durchsetzungsvermögen basierte; letzterer, Ode, vertrat in einer kleineren, müderen Welt den so unendlich vieles regulierenden Staat.

Auch die Deutsche Demokratische Republik drehte Krimis. Heillos.

An dieser Stelle sollte ich vielleicht dem Eindruck entgegenwirken, daß ich von Kindesbeinen an bis zu meinem Weggang aus dem *Zonenrandgebiet* fortwährend die wechselnden Fernsehermodelle leergeguckt hätte. Mitnichten. Ich strebte 1975 dem Abitur zu, pflanzte in den Schulferien für die Knesebecker Forstverwaltung und knapp sechs Mark pro Stunde bis zu vierhundert Fichten und Erlen am Tag. Ich lernte das unvergleichliche Wunder der körperlichen Verschmelzung kennen: zwischen Wacholder und Erika, im Warmen und im Grünen. Ich erreichte mit meinem ersten *Interrail-Ticket,* als Rucksack-Invasor Lissabon, wo ich in einem Lokal für die Kellner und die exzellente Fado-Interpretin die einzige Kundschaft blieb, da draußen gerade Salazar gestürzt wurde und die Panzer der *Nelken-Revolution* auffuhren.

Allein meiner Ostsucht ist es zuzuschreiben, daß ich zwischendurch, einsam, auf DDR I oder DDR II schaltete, um zu sehen, was sich vor der Haustür, im offiziellen Medium des deutschen Nachbarn tat.

Daß ich auf den Kanälen von *drüben* überhaupt auf Krimis stieß, verwirrte mich zuerst.

Was sollte das?

Waren mein deutscher Orient und seine SED-Führung verrückt geworden?

Wie konnte es denn sein, daß in einem Staat, der – laut Eigenwerbung – immer nur perfekter und subtiler wurde, in dem sämtliche Betriebskollektive, Jugendverbände, Freizeitkollektive, Militär und Ärzteschaft in einem ununterbrochenen, förderlichen Meinungs- und Erfahrungsaustausch standen, wie konnte in meinem wundersamen Staat, in welchem Geist und Faust, Margot Honecker und jeder Melker – mit und ohne Abhöranlagen – unausgesetzt für Frieden,

Freiheit, Wohlfahrt und Humanismus kämpften, wie konnte sich dort Fäulnis auftun, das Verbrechen sein Gesicht zeigen, und sogar per Staatsprogramm!
Laut Parteibeschluß war Gotha: sauber. – Und die Untaten, die dort aufkeimen wollten, gab es an sich nicht. Allein in Frankfurt am Main, gar in Dallas, war die Welt marode und vegetierten die unglücklichen Menschen, die sich – im Grunde Opfer des schrankenlosen Kapitalismus – gegebenenfalls mit spurenfreiem Gift und James-Bond-Automobilen skrupellos den Weg zu einer egomanischen, utopielosen Glücksvorstellung bahnen wollten. Allein in Marburg an der Lahn schlugen Ehemänner Frauen, allein in Dortmund gab es gefährdete Schlüsselkinder – aber nicht unter dem *Staatsrat.*
Ich erinnere mich nicht an die Titel der DDR-Verbrechensserien, in denen Überreste altertümlicher Bosheit ans Licht traten und von den Staatsorganen ausgemerzt wurden.
Ich meine, einmal ging es um Zement. In einer Folge einer Serie stahl ein Arbeiter Zement. Was er damit wollte, weiß ich nicht mehr. Doch diese Schädigung des Volkseigentums rief alles mögliche auf den Plan. Im Baustoff-Kombinat verdächtigte man sich leider gegenseitig. Die umsichtige Kaderleitung lud bald die Genossen der betreffenden Brigade vor und redete dem einzelnen eindrucksvoll ins Gewissen: „Genosse, du weißt doch … diese Schlamperei – wir wollen's mal so nennen! – geht bei euch nicht so weiter. Ihr schädigt den ganzen Betrieb. Wir müssen jetzt alle, da stimmst du mir doch sicher zu, Genossin Meyer, ans Soll denken. Wir hängen dies Jahr schon weit genug zurück, und ich warne nur: Berlin! …" Da dann doch wieder Baustoffe – oder waren es Fahrräder aus einer Fahrrad-Fabrik? – verschwanden, wurde die Volkspolizei eingeschaltet.
Obwohl ich, vor dem *Blaupunkt*-Fernseher, das Gefühl hatte, daß nunmehr irgendwie die SS vorstieß, war die Darstellung der Vopo-Leute dennoch deutlich an amerikanische Vorbilder – an den Hauch von Freiheit – angelehnt. Im Präsidium der grünen Leute mit Stiefeln wurde viel *F 6* ge-

raucht, sehr viel Kaffee getrunken, und bei Verhören, unter dem Bild Erich Honeckers, hieß es auf einmal wie unter Brüdern aus *Stasi* und Gangstern: „Mann, Junge, deine Frau ist eine tüchtige Arbeiterin und du verzapfst im Betrieb so einen Mist. Mann, wer beklaut denn einfach seine eigene Brigade …"

Spannung entstand meines Erachtens auch nicht durch diese oder jene Autojagd. Ein Dienst-*Wartburg* knatterte einem Privat-*Wartburg* hinterher – aus Kostengründen ging sowieso keiner zu Bruch – und der Täter im anderen Deutschland war verrückt, in einem Staat ohne Unterschlupf, wo man nicht einfach umziehen, den Arbeitsplatz wechseln konnte, von Schwerin nach Wurzen an der Mulde fliehen zu wollen.

Die Krimis sollten, als Unterhaltung, das Alltagsgrau lüften. Sie machten es meines Erachtens erst deutlich. Die Täter, festbesoldete Arbeiter, Akademiker, Bauern wie alle anderen, waren arme Hunde, die, mangels Puffs, in keinem Puff verschwinden konnten, die selbst mit einer geraubten Million ein Leben lang vergebens nach Investitionsmöglichkeiten gesucht hätten. Die Polizei war schrecklich; ihre Beamten waren „Leutnant Zörgiebel" oder „Oberst Mitschke": Männer mit militärischen Dienstgraden. Ausländer, Fremde, Exotisches kamen nicht vor. Im Duzen und am Biertisch mit *Wernesgrüner Pils* feierte die eingestreute Gemütlichkeit ihre Höhepunkte. Nichts verwies in dieser Suppe auf die Welt draußen; und die freundliche Polizei-Sekretärin konnte beim Stenographieren der Vernehmungsprotokolle noch so neutral wirken – zog sie ihre Kostümjacke an, blinkte ihr Partei-Abzeichen.

Zwischen Kommissar und Täter in München, zwischen Privatdetektiv und Täter in Amerika, zwischen Ordnungsoffizieren und Tätern hinter der Elbe lagen Welten, wenn auch – vielleicht – nicht immer seelisch.

O ja, ich hatte Petra schon zu Zeiten Konrad Adenauers und Walter Ulbrichts kennengelernt. Zwar war Petra nie im We-

sten gewesen, doch bei einem unserer frühen Familienbesuche in Ost-Berlin hatte ich als Fünf-, Sechsjähriger im Pionierpark mit meiner DDR-Cousine gespielt.
Danach verloren wir uns, bedingt durch Stacheldraht, für 13 Jahre aus den Augen und dem Sinn.
Es kam zu einem Wiedersehen 1975, als Petra und ich achtzehn Jahre alt waren. Diese internationale Begegnung am Rande Ost-Berlins, auf der Silberhochzeit einer Schwester und eines Schwagers meines Vaters hatte es in sich. Vielleicht war Petra neugierig, nach den Kindertagen, der *Jugendweihe,* vielen Jahren ohne jeden Kontakt, mich wiederzusehen. Ich jedenfalls war erregt, auf einem Familienfest am Müggelsee meinen verwandten, östlichen Mit-Teenager zu treffen.
Die Feier in einem behaglichen Haus mit großem Garten, hinter dem Eisernen Vorhang, begann ohne Cousine. An langer Tafel, gutbürgerlich gedeckt mit Stoffservietten, Familiensilber, Festtagsbouillon, dann Festtagsbraten, Schüsseln mit deutscher Petersilien-Kartoffel, Leipziger Allerlei, vollen Saucieren und mit rumänischem Wein, saßen meine Eltern und unser zeitgeschichtlich abgetrennter Ost-Berliner Clan, feierten Wiedersehen nach Jahr und Tag. Unter den fünfzigjährigen Schwestern, Brüdern, Schwägerinnen und Schwagern war die Rede von Krankheit und Gesundheit, vom Urlaub in der Hohen Tatra oder im Paradies Ungarn, vom Stachelbeeren-Ertrag in Ost-Berlins Schrebergärten, von Verkauf und Einebnung unseres ehedem köstlichen Gartens in der Lüneburger Heide.
„Wir haben jedes Jahr ein paar Kürbisse. Das schmeckt im Winter. Auch eingelegt."
„Dieser Aufwand mit dem eigenen Gemüse. Nein, wir haben damit Schluß gemacht. Du kriegst alles in Konserven, hast keine Arbeit damit, und sie sind billiger als der Eigenanbau."
„Ja, ihr! Kauf hier mal Konserven! Schwarzwurzeln gibt's im Glas, Rote Bete aus Polen ... aber was für ein Gammel! Wir suchen ja auch selbst Pilze. In der Hasenheide ..."

„Das ist gut für den Kreislauf und deine Beine, Elisabeth! Wir bewegen uns jetzt viel zu wenig."
Die Politik, welche zumindest äußerlich die Familie schwer teilte, wurde kaum berührt. Wenn hin und wieder ein allen unangenehmes, die Stimmung sofort belastendes Wort zu den nicht frei gewählten östlichen oder zu den westlichen Politikern fiel ... „Ja, ja, der Bahr gibt unserm Erich doch in allem nach!" ..., dann fiel auf, daß die Ost-Berliner Verwandtschaft bis ins Detail über die Bundespolitik auf dem laufenden war, sich in dezidierte Anhänger der SPD und der CDU unterteilte. Die DDR-Politik hingegen – so die Rede auf Willi Stoph, Hermann Axen oder Günter Mittag kam – bot nur Anlaß zum Witzeln, zum alsbaldigen Schweigen nach kurzem Schimpfen. Wie sich Gewerkschaften und Unternehmer im Westen einigen sollten, war den DDR-Bürgern, die *ihr* Westfernsehen schauten, klar; mein formiertes Elternpaar dagegen – denn mein Vater hatte sich nach dem Tod meiner Mutter gerade wieder verheiratet –, der landläufige Westen also, war über das höhere Innenleben des Ostens kaum im Bilde.
„Was? Der Honecker ist verheiratet?"
„Na, mit unserer Margot!"
„Was macht die denn?"
„Margot ist unsere Ministerin für Volksbildung!"
„Sag bloß! Ist ja dann doppeltes Gehalt in der Familie."
„Und Kinder?"
„Kinder haben die auch. – Unsere tüchtige Margot ist die Gleichberechtigung der Frau im Politbüro, allerdings die einzige."
„Was mag der Honecker denn so verdienen? Der kann doch an alle Kassen, oder?"
„Das wird uns Erich gerade sagen! – Bis er vom Politbüro – sicher vom Krenz – ..."
„Ne, Axen. Axen!"
„... abgesägt wird, wird er über die Liste gewählt, und damit hat sich's ... Aber im übrigen wißt ihr ja auch nicht, was sich der Strauß und der Lambsdorff in Aufsichtsräten von

Firmen, denen sie die Aufträge zuschanzen, dazuverdienen! Oder wißt ihr's?"

„Ach, das sollte man auch gar nicht alles wissen."

Die Runde älterer DDR- und BRD-Bürger, die alle unter derselben Diktatur aufgewachsen waren, schloß, daß Politik immer und überall schmutzig und in ihrem Gang nicht aufzuhalten sei.

Petra erschien zur Kaffeezeit.

Sie war eine schöne Kommunistin. Sie betrat das Haus unserer gemeinsamen Verwandten in weißer Bluse, blauem Rock, weißlichen Nylons, die nicht aus ihrem Staat stammen konnten. Gutgelaunt, gut frisiert, machte sie die Begrüßungsrunde im Kral der Tanten und Onkel. Um den Tisch herum näherte sie sich uns. Sie wurde verhalten, schon beim Begrüßen der letzten östlichen Landsleute fror ihr Lächeln ein wenig ein. Mit diesem Lächeln der Distanziertheit nickte sie uns wie unter Qualen zu. Meine Eltern, Kleinunternehmer, erfaßten nicht, welch innerer Kampf sich in der Seele ihrer durch die FDJ gegangenen Nichte abspielte. Die Kapitalisten streckten der Enteignerin die Hände entgegen! Meine Cousine konnte nicht anders; fast allmächtige Regeln des Anstands zwangen sie, die Hände meiner Eltern zu fassen, sogar ansatzweise zu schütteln.

„Petra, wie geht's denn?"

„Danke. Gut. Selbst?"

„Ja. Eine lange Reise bis zu euch!"

„Wir freuen uns, daß wir dich mal sehen!"

„Ja."

„Was machst du? Wie geht's so?"

„Ich bin noch auf der EOS."

„Aha. EOS?"

„Dann werde ich studieren."

„Aha!"

„Auf was willst du hinaus?"

„Technik. Etwas Relevantes. Für die Volkswirtschaft, und was mir Spaß macht. Brückenbau."

„Ja, die Volkswirtschaft ... Brückenbau?"

„Ich such mir mal 'nen Platz."
Meine wahrscheinlich CDU wählenden Eltern und die Nichte die auf der *Erweiterten Oberschule* praktische *Wehrkunde* absolvierte, waren nicht warm miteinander geworden. Ich hingegen war hingerissen vom Überwindungskampf, den die Begrüßung des Klassenfeinds meine Cousine gekostet haben mußte.
Im Hinsetzen nickte sie endlich auch mir zu.
Ich revanchierte mich mit ebenso kühlem Lächeln.
Dann lächelten wir uns dauernd kühl zu.
Es war klar: Meine kommunistische Cousine und ich waren füreinander die gefundenen Fressen, und die gegenteiligen Welten, für die wir zu stehen meinten, erhöhten die gegenseitige Attraktion nur um etliches.
„Reichst du mir den Zucker, Petra?"
„Aber bitte, Hans."
„Ich danke dir, Petra."
„Aber nichts zu danken!"
„Ah – leer."
Nach Kaffee und Kuchen im östlichen Vorort Berlins war es mir ein Genuß, die achtzehnjährige Klassenfeindin zum Tanz aufzufordern, und als sie den Arm um meine Schulter legte, geschah es noch immer mit dem herrlichen Charme der bemühten Distanziertheit. Die Vertreterin der *Freien Deutschen Jugend* und der Botschafter des westdeutschen Zivildienstes tanzten Foxtrott. Ich hatte das Gefühl, mit einem Mal die gesamte westliche Welt, Paris, den Rhein, New York, den *Grand Prix de la Chanson* repräsentieren zu müssen; sie schien noch bei jeder Tanzdrehung die Vertreterin des idealen Ostblocks und der hellen Zukunft sein zu wollen. Kein Zweifel, das Konkurrenzgehabe steigerte den gegenseitigen Reiz, und wir verliebten uns wohl ein wenig ineinander.
Nur Bruchstücke des bizarren Jugendgesprächs, das am Ende neun Stunden lang bis in den Morgen währte, sind mir haftengeblieben. Dabei verlagerte sich das Agitationsfeld von der Tanzecke im Wohnzimmer in einen schummerigen

Nebenraum, auf den nächtlichen Gehweg einer Straße am Müggelsee.

„Eine *Marlboro?*"

„Nein. Ich bin Leistungssportlerin."

„In was?"

„Geräteturnen. *Sektion Leichtathletik* bei *Lokomotive Oberschöneweide.*"

„Ah, *Lokomotive!* – Gibt es vielleicht auch Hammerwerferinnen bei *Braunkohlebagger Cottbus?* Die DDR hat in ihrer Geschichte ganz besondere Namen und schwierige Abkürzungen hervorgebracht: ZK und SED im RGW ..."

„Jedes Kombinat bietet seinen Kollektiven die Möglichkeit zu sportlicher Aktivität. Das kann man von euren Unternehmern nicht sagen ..."

„Oh, wir machen im Westen alles privat. Oder lassen es."

„Machst du nichts?"

„Ich reite. Viermal die Woche. Ich gestehe, mehr Dressur als Springen. Die niedersächsischen Bauern, vor allem natürlich die Großbauern, züchten fast durchweg Pferde. Da gibt es einfach mehr Pferde als Menschen. Ausritte sind das Beste. – Dann galoppiere ich am liebsten die Grenze entlang. Da stört nichts, da kommt einem nichts in den Weg."

„An der *Staatsgrenze West?*"

„Klar. Da ist es herrlich. Vielleicht bis auf die Minensplitter, die von euch herüberkommen könnten!"

„Ich meine, bei euch sind doch da die Elite-Einheiten des sogenannten Bundesgrenzschutzes stationiert?"

„Gott, Petra, die paar Männeken mit Fahrrad ... die manchmal die DDR-Flüchtlinge aufnehmen und versorgen ... Du mußt dir mal die andere Seite vom *Kapitalistischen Schutzwall* anschauen. Aber, ja, ja, das geht ja nicht. Das ist ja schon auf der Ostseite für Bürger der Deutschen Demokratischen Republik zum Sperrgebiet erklärt worden ..."

„Erzähl du mir bloß nicht, lieber Cousin, daß du in jeden Winkel der BRD könntest. Wir haben genaue Informationen über militärische Sperrzonen, großangelegte Lager für die chemisch-biologischen Angriffspotentiale eurer westlichen Verbündeten. Da kannst du selbst hoch zu Roß nicht hin!"

„Hast du das Gefühl, daß dich die *Staatsgrenze West* vor etwas schützt, mit dem Todesstreifen, der eine gewisse Einmaligkeit in der Geschichte hat, ich meine, vielleicht haben sie nur noch in Nordkorea so etwas?"

„Wovor sie mich bewahrt? Vor Kriegshetzerei, vor Neo-Faschismus und Monopolismus, vor den gestrigen Verhältnissen in der BRD. Ich habe keine Lust, meine Arbeitskraft – später einmal meine Kinder – von Monopolen ausbeuten zu lassen oder als Arbeitslose in einer auf blanken Materialismus ausgerichteten Schein-Volksherrschaft zur Sozialhilfe-Empfängerin degradiert zu werden."

„Also du hast es lieber, wenn dir eine Partei das gesamte Leben vorbestimmt?"

„Die Parteipolitik ist bei uns nicht die Sache von Cliquen, sondern die des ganzen Volks."

„Natürlich. Das wird wohl der Grund sein, weshalb alle paar Jahre 98,9%, bei mangelnder Alternative, die Einheitsliste der SED wählen."

„Genau. So wird es wohl sein. Die SED hat sich als Partei des Friedens und des Humanismus bewährt. Ich kann dir gern mal die Reden des Parteitags schicken!"

„Wie ist das eigentlich, wenn man in diesem wahnsinnig zermürbten, ja im Vergleich zu anderen Großstädten völlig trostlos wirkenden Ost-Berlin lebt und beim Blick über die Stadt erkennt, wo das Lichtermeer West-Berlins beginnt?"

„Berlin-West ist ein Schauobjekt des westlichen Kapitals. Es ist kriminalisiert. Die Hauptstadt der DDR ist das nicht."

„Wenn man die Regierung außer acht läßt. Und du hast ja auch öfters die Bandenkriege beim Schöneberger Rathaus erlebt?"

„Die Menge an Lichtern, Spielhöllen, Korruption, Spekulation und berechtigten Studentenrevolten machen nicht das Menschliche einer Stadt aus. Nicht einmal für geschenkt würde ich mir Berlin-West auch nur anschauen wollen."

„Man sollte alles einmal selbst gesehen haben, um urteilen zu können."
„Die Reisefreiheit für Bürger der DDR ist eine Frage der Zeit. Wir haben Devisenmangel. Da ist es nicht nötig, West-Valuta in Cafés und an Stränden Westeuropas auszugeben."
„... Kennst du Hermann Hesse?"
„*Das Glasperlenspiel.* Ich hab' davon gehört. Ein Pazifist. Aber im Gegensatz selbst zu Thomas Mann fehlt bei ihm jede Kritik am Spätbürgertum. Hesses Helden flüchten aus der Wirklichkeit. Von dem muß gar nicht alles verlegt werden."
„Kafka?"
„Franz Kafka! Geh mir. Eine Sumpfblüten-Literatur, gerade das Paradebeispiel dafür, wie ein richtungsloser Charakter mit der Entmündigung des Individuums nicht fertig wird. Ich kenne *Das Schloß* in Auszügen. Brechts *Mutter Courage* begehrt mindestens zeitweise gegen Kriege und Machenschaften auf ..."
„Kafka kann man nicht kaufen?"
„Wozu? Papier ist kostbarer Rohstoff."
„Werden wir uns in einem Krieg 'mal als Feinde gegenüberstehen?"
„Ich hoffe, nicht."
„Soll ich einen Schluck Wein holen?"
„Super-Idee. Besorg uns doch gleich eine ganze Flasche."
Während im Nebenzimmer weiter über Kochrezepte, Rostschutzmittel, Badezimmerkomfort geredet, nach volkstümlicher Musik von schweren *Amiga*-Platten getanzt wurde, machte ich rumänischen Wein auf, und meine Cousine hielt zuerst aus dem Sessel heraus, dann im Stehen die Gläser hin:
„Prost, lieber Cousin."
„Salute, liebe Cousine. – Was machst du im Sommer?"
„Die Klasse hat Ernteeinsatz bei der Paten-LPG. Dann trampe ich mit Freunden zum Zelten in die ČSSR."
„Kraft durch Freude."
„Zelten ist irre gut! – Und du?"

„Ein Freund von mir war Ostern in Paris. Du weißt, jene Stadt an der Seine. Er hatte überhaupt nicht die Absicht … aber er ist auf der Straße mehrmals … angesprochen worden, und dann ist er tatsächlich ein paar Tage lang, nun ja, so für sich auf den Strich gegangen und hat sich ganz locker die Weiterreise nach Bordeaux verdient. Vielleicht mache ich das auch im Sommer."
„Auf den Strich gehen?"
„Warum die Dinge so eng sehen. Man lernt eine Stadt anders kennen und hat was Greifbares davon."
„Mir zieht's die Schuhe aus."
„Laß sie an. – Wo zeltet ihr? Rund um Eger soll's schön sein."
„Dekadent. Ein Schulfreund von dir geht in Paris auf den Strich?"
„Wer's ausspricht, merkt doch schon, wie aufregend das sein kann."
„Gehen wir ein bißchen hinaus."
„Okay. Was heißt Okay auf russisch?"
„Dobro."
Die Aprilluft war kühl. Wir gingen über die Platten des Vorgartenwegs zur Gartenpforte und traten auf den sandigen Gehweg. Die nasse Straßenpflasterung mit den Straßenbahnschienen glänzte im Dunkel. „Warum wirkt die DDR so traurig?"
„Vielleicht auf dich. Wir wirtschaften aus eigener Kraft. Für uns gab es keinen Marshall-Plan. Bei euch wurde investiert, bei uns wurde demontiert. Ich denke, es ist also natürlich, daß es dauert, bis wir westliche Standards erreichen und überflügeln."
„Ich finde, der Klassenkampf hat sich erledigt. Es gibt bald nur noch Angestellte."
„Es wird immer den Kampf zwischen Arm und Reich geben."
„Vielleicht woanders, und in der Beziehung ist es ja ganz gut, daß die Bundesrepublik Ländern der Dritten Welt wohl achtmal mehr Mittel zukommen läßt als der Ostblock insgesamt."

„Man kann dir Neo-Imperialismus als Entwicklungshilfe verkaufen? Mir ist kalt."
„Nimm meine Jacke."
„Danke."
„Es ist furchtbar, Petra, daß die Welt in feindliche Lager geteilt ist."
„Na ja. Ja."
„Was für ein fortgeschrittenes Jahrhundert. Mitten in Europa werden Menschen erschossen."
„Aber die Rüstungsspirale dreht der Westen."
„Oder manchmal hier der Osten."
„Das Vermächtnis von Rosa Luxemburg will geschützt sein."
„Das der Nibelungen auch."
„Gehen wir zum Müggelsee hinunter?"
„Gern, in der Nacht Brandenburgs."

Das Verhältnis zu „Coco", meiner kommunistischen Cousine, wurde auf eigentümliche Weise innig. Nach unserer Begegnung am Rand einer gutbürgerlichen Silberhochzeit auf DDR-Territorium begann ein Briefwechsel, in dem alle geistigen Kräfte der Jugend in Bewegung gesetzt wurden, um dem Briefempfänger in der Lüneburger Heide beziehungsweise an der Spree zu beweisen, daß er auf der Verliererseite stünde, das falsche Leben führe. Vielleicht sollte ich mehr Scheu haben, Reste dieser frühen Korrespondenz wiederzugeben. Andererseits kommt ihr zweifellos ein dokumentarischer Wert zu. So saßen wir denn an Ost-Berliner und hannöverschen Schreibtischen ... bis zur Wiedervereinigung:

Berlin, d. 14. 8. 1976

Lieber Cousin!
Es wird Zeit, daß ich Dir endlich auf Dein Schreiben antworte. Ich hatte mit der Antwort schon vor einer Woche angefangen. Doch es kam vieles dazwischen, auch ein paar Feten.

Weißt Du, Dein Brief hat mich ziemlich getroffen. Und mir ist endgültig klar geworden, daß ich in Deiner Welt nie leben möchte. Ich habe mit Befremden festgestellt, wie weit wir voneinander entfernt sind, ideologisch meine ich. Ich stimme Deiner Meinung zu, daß wir in unseren Ansichten bereits zu fest sind, als daß wir uns noch grundlegend verändern lassen wollten.
Ich werde auf Einzelheiten Deines Briefs eingehen. So wie Du bin auch ich nicht dafür, daß wir uns ausschließlich nette Briefe schreiben.
Bei Deinem gerade absolvierten Lehrgang für westdeutsche Zivildienstleistende in Bayern, einem der reaktionärsten Bundesländer, ging es also u.a. um „Entwicklungshilfe". Du schreibst: „Welche Verantwortungslosigkeit ist es doch, daß Systeme in Ost und West sich bis an die Zähne bewaffnen und sich mit großem Aufwand gegenseitig Schaden zufügen wollen, sei es in Vietnam oder Angola, während das schreiende Zukunftsproblem in Hunger und Elend, im Auseinanderdriften von Nord und Süd liegt."
Es ist haarsträubend, wie bei euch die Tatsachen verdreht werden. Mit Nord und Süd meinst Du ja die nördl. und südl. Halbkugel. Mit welchen Phrasen will man euch noch von den Zuständen im eigenen Land ablenken?
Ich will Dir einiges von der Kreisdelegiertenkonferenz der FDJ berichten, zu der ich abgeordnet war. Sie fand gestern statt. Ich habe vieles in guter Erinnerung.
Wie aus einer Dokumentation der westdt. CDU hervorgeht, lebt jeder 10. Bundesbürger unter dem Existenzminimum. Danach hatten zwei Millionen Haushalte mit 5,8 Millionen Menschen 1974 ein Nettoeinkommen, das unter den Bedarfssätzen der Sozialhilfe lag. 18,5% aller Arbeiterfamilien mit einem Kind, 27,8% mit zwei Kindern und 35,3% mit drei Kindern leben unter der Einkommensuntergrenze.
– In den USA leiden 6 Millionen Kinder an: Unterernährung! Viele körperbehinderte Kinder erhalten: Keine Hilfe … (und die USA liegen auf der nördlichen Halbkugel!!!)

– Jugendarbeitslosigkeit ist das Problem Nr. 1 der entwickelten Länder der kap. Welt.
In den USA waren im Sommer 1975 3,3 Mio. Jugendliche zwischen 14 und 24 Jahren arbeitslos. Das sind 20% aller Jugendlichen. Bes. betroffen ist dabei die farbige Jugend. Bei ihr beträgt die Arbeitslosenrate über 40%.
Allein in den EWG-Ländern sind mehr als 1,5 Mio. Jugendliche unter 25 Jahren als sog. „Erwerbslose" registriert. Das ist mehr als ein Drittel aller Arbeitslosen dieser Staaten. Nach *offiziellen* Statistiken, die jedoch jene Jugendlichen verschweigen, die noch niemals eine Anstellung hatten, betrug der Anteil der Jugendlichen an der Gesamt-„Erwerbslosen"-Zahl in

Frankreich	600000	45,8%
Italien	330000	32,7%
BRD	310000	29,0%
Kgr. Holland	73000	37,6%
Kgr. GBR	160000	36,3%
Kgr. Dänemark	75000	47,8%
Kgr. Belgien	60000	33,0%

Und das ist noch nicht alles!
In der BRD haben 240000 junge Arbeiter keine Ausbildung. Nach Abschluß der Schule verdingen sie sich als „Hilfsarbeiter". 25% aller Hauptschüler bleiben ohne Abschlußzeugnis. Für sie ist es ebenso schwer, Arbeit zu finden, wie für die 400000 „Sonderschüler". Dazu kommt ein rapider Abbau der Lehrstellen. Gab es 1969/70 noch 646000 Ausbildungsplätze, so waren es 1974/75 nur noch 249000. Die Unternehmer nutzen sowohl die Jugendarbeitslosigkeit als auch die systematische Reduzierung der Lehrstellen, um daraus Extra-Profite zu erzielen. Sie stellen arbeitslose Jugendliche nur unter der Bedingung ein, daß diese die Berufsschule *nicht* besuchen. Zum anderen erhalten die Monopole Geld für die Schaffung „zusätzlicher Ausbildungsplätze". So spart der Unternehmer Ausgaben und läßt sich Steuergelder auszahlen.

Obwohl die Vertreter der imp. Staaten in der UNO der Erklärung der Menschenrechte zugestimmt haben, denken sie nicht daran, das Prinzip „Gleicher Lohn für gleiche Leistung" zu verwirklichen.
Wie die EWG-Statistik ausweist, beträgt die Differenz der Stundenverdienste zwischen weiblichen und männlichen Erwachsenen in der BRD 22%, in Luxemburg sogar 28%.
– In einer Zeit, in der Millionen arbeitslos sind, sind nach Angaben der ILO 43 Mio. Kinder zwischen 6 und 15 Jahren gezwungen, ein Arbeitsverhältnis einzugehen, um die Existenz der Familie zu sichern.
– In der BRD ist die Jugendkriminalität beängstigend gewachsen. 1973 gab es bereits 72000 Straffällige unter 14 Jahren. Die Zahl der Kinderselbstmorde ist von 1972 bis 1973 um FÜNFZIG PROZENT gestiegen. Alkoholkonsum und Drogenmißbrauch bei Kindern konnten von der Polizei nicht eingedämmt werden.
Ich glaube, die Zahlen sprechen für sich. Und davon hast Du keine Ahnung?
So lange bis diejenigen, „die die Staatsgewalt ausüben", dieses Elend des Westens nicht beseitigen, kann man, meine ich, von „einer humanistischen Basis" im eigenen Land, geschweige denn als Möglichkeit der Verbindung zwischen Völkern nicht reden.
Daran solltest Du denken. Das wird aber nicht ausreichen. Denn Du mußt unbedingt mit Arbeitern zusammenkommen. Wir hatten in der Schule unsere Paten-Brigade.
Wahrscheinlich wirst Du auch auf Arbeiter stoßen, die mit ihrem Arbeitsplatz zufrieden sind. Aber die Mehrzahl kann es nicht sein. Und um die Mehrheit geht es immer.
Es ist schwer, aus Deiner Sicht als Bürgerlicher, der nie Arbeitsprobleme, Not und Hunger kannte, diese Probleme zu begreifen. Das ist Dein Handikap.
Entwicklungshilfe ist eine Form des Neokolonialismus. Mit ihrer Hilfe versuchen die Monopole in jungen Nationalstaaten und ehemaligen Kolonien ihre ökon. Position durch angepaßte Methoden zu erhalten und zu erweitern. Entwick-

lungshilfe wird eingesetzt, um insbes. zu verhindern, daß sich diese Staaten den sozialist. Ländern annähern. In den letzten Jahren nimmt dabei die Lieferung von Rüstungsmaterial durch imp. Staaten im Rahmen der Entwicklungshilfe und in Befolgung einer anti-sozialist. Globalstrategie zu.

– Du redest immer von einer „besseren, freundlicheren Welt", und daß ihr Zivildienstleistenden etwas dafür tut.

Wie ich Deinen Zeilen entnehme, könntest Du ein waschechter Pazifist sein. Ihr Pazifisten tretet gegen alle Arten von Kriegen unter der Losung des Friedens um jeden Preis auf. Dabei laßt ihr den Klassencharakter des Krieges unberücksichtigt und lehnt auch den gerechten Krieg ab, den revolutionären Krieg der fortschrittlichen Klassen wie auch den nationalen Befreiungskampf. Ihr führt den Kampf um den Frieden nicht als Kampf gegen die sozialen und politischen Ursachen der Kriege.

Ich verzichte nicht auf Kritik an den pazifistischen Positionen. Wir treten auch für den Frieden ein. Aber wir werden aktiv. Das fängt in den Schulen an, wir veranstalten Solidaritäts-Bazare, leisten Arbeitseinsätze, deren Erlös auf das Soli-Konto überwiesen wird; dann Soli-Konzerte, Soli-Manifestationen usw.

Es reicht bei weitem nicht aus, wenn ihr die Menschen „in der Tendenz zu Toleranz und Friedensliebe bestärken" wollt. Allerdings sind eure Losungen eine wachsende Gefahr für die Verwirklichung der aggressiven Politik der Imperialisten. Deshalb versucht die imp. Ideologie, den Pazifismus mit Hilfe eines Antikommunismus zurückzudrängen.

Wenn Du mit mir so diskutierst, vergleiche ich unsere beiden Standpunkte. Dabei denke ich an meine bevorstehende Prüfung. Mein Thema ist wieder der Imperialismus und auch der in der BRD. Und dafür sind unsere Briefe eine gute Vorbereitung. Ich merke, wie ich sozialistisch sattelfest werde.

Du wirst ab und zu merkwürdig unkonkret, Du schreibst: „An unseren Briefen sehe ich, wie sehr man es erreicht hat, schon Jugendliche auseinanderzureißen." – Wer ist „man"?

Du mußt die hist. Hintergründe betrachten, z. B. die Gründung der BRD vor der Gründung der DDR.

Viele liebe Grüße
Deine Petra

P. S. Ich habe mir endlich einen Plattenspieler gekauft. Über die Klassenfahrt nach Zittau schreibe ich Dir das nächste Mal.

Celle, d. 10. IX. 1976

Liebe Petra,
ohne Umschweife stürze ich mich gleich in unsere Probleme, aber vorher wiederhole ich, daß ich Dich vollkommen von diesen Problemen trenne, denn Du bist mir seit unserem Zusammentreffen sehr lieb, ich würde Dich ebenso gerne wiedersehen, wie ich den Staat, in dem Du lebst, nicht unbedingt um mich haben möchte. Wenn ich käme, so deinetwegen, denn dieser Weg, der in die DDR, ist ja leider offensichtlich der einzige, um zusammensein zu dürfen.
Dein Brief blieb so lange unbeantwortet, weil meine Paris-Reise mich vollkommen ausfüllte und weil ich nicht wußte, was ich auf Deine Zahlen- und Prozentkolonnen antworten sollte, die mir doch klarmachen, daß ich im Inferno eines untergehenden Abschaums gar nicht so verdammt glücklich, frei und optimistisch sein darf. Soll ich zu den Zahlen sagen, daß diese zu hoch gegriffen, jene zu niedrig sind, dort ein Prozent zuviel, dort eines zuwenig steht? Besser ist erst einmal die Frage vorweg, nämlich jene nach der Quelle, die jeder gewissenhafte Geschichtsforscher stellt, um sich der Objektivität anzunähern. Woher kommen die Selbstmordquoten, Kriminalitäts- und Jugendarbeitslosigkeitsraten? Aus dem Westen oder aus Ost-Berlin? Decken sich eventuell Angaben aus Ost und West? Prozentwerte als augenblicksgebundene Wurfgeschosse zu benutzen, halte ich im Hinblick auf das Abwägen zweier Weltanschauungen für etwas willkürlich. Würde es den Marxismus niederwerfen, wenn

festgestellt wird, daß die Scheidungsrate in der DDR unerreicht ist? Nebulöse Prozente streifen nur das Wesentliche.

Ich leugne keineswegs die Arbeitslosigkeit, die Inflation, aber beides existiert auch bei euch, doch ersteres ist kaschiert, weil Betriebe durch Konkurrenzwegfall nicht personalintensiv denken müssen. Zweitens benötigt ihr wesentlich mehr Arbeitskräfte, da die Industrie weniger automatisiert, unmoderner ist als bei uns. Die Inflation durch Ansteigen der Rohstoffpreise existiert hier wie dort, und wenn Du Dir die Preise für Luxusgüter wie Kaffee, Kakao, Benzin, Chemiefasern bei Euch ansiehst, ist doch deutlich, womit der Staat die Inflation verdecken kann, nämlich durch enorme Luxusgüterpreise, so Du Südfrüchte, Tee, Sekt überhaupt noch zum Luxus zählen willst.

Arbeitslosigkeit und Inflation sind also zeitweilige Kehrseiten der sozialen Marktwirtschaft, die nun aber doch mehr Vorteile haben muß, denn nirgendwo sehe ich an materiellem Elend erkennbare Arbeitslose, Scharen von Obdachlosen, Hungernde, so arme Rentner wie bei euch, denn das Beiwort „sozial" besagt, daß der in Not Geratene von der Gemeinschaft unterstützt wird – und mancher Erwerbslose lebt hier mit 80 Prozent seines Gehalts komfortabler als mancher Arbeitende im Sozialismus.

Du siehst hier keine frühindustrielle Not auf den Straßen, und vom Mangel geprägt wirken vielmehr Eure Dörfer und Städte. Du kannst es mir nur glauben, denn aus gutem Grund läßt man es Dich ja nicht sehen. Täglich bin ich mit Angestellten, Arbeitern zusammen, habe in einer Druckerei gejobbt, im Wald, in einer Salzstangen-Fabrik und fand dort wahrhaftig keinen, der in die DDR ziehen wollte. Zwar stand man der BRD kritisch gegenüber, wollte Gleichbehandlung und soziale Gerechtigkeit verbessert wissen, aber stets im Rahmen des hier Vorgegebenen, so daß sich soziale Absicherung im Krankheitsfall, bei Arbeitslosigkeit, die Mitbestimmung allmählich perfektionieren ... jedoch im Zuge einer Evolution, nicht tyrannisierenden Revolution, denn eine

Revolution muß ihre Gegner tyrannisieren – und wo ist das tolerant, friedlich und menschenfreundlich? – Unser System ist evolutionär, auf Harmonisierung bedacht, wobei Evolutionäres langsamer vonstatten geht als rascher Umsturz, so daß auch parlamentarische Arbeit hier langwieriger ausfällt, Einstimmigkeit selten ist. Gott sei Dank. Dafür kommen die Interessenvertreter freier Gesellschaftsteile letzthin zu ausgleichenderen, liberaleren Ergebnissen als es bei statischer Einstimmigkeit einer, das Denken bestimmenden Partei der Fall sein kann. Oder gibt es unter den DDR-Parteien Differenzen? Wenn sie natürliche Parteien wären, müßte es so sein, ist doch das Volk, das sie vertreten, in sich farben- und kontrastreich und hat nicht nur ständig, ständig einen Gedankengang.

„Was das ist, ein wirklich lebender Mensch, das weiß man heute allerdings weniger als jemals, und man schießt denn auch die Menschen, deren jeder ein kostbarer, einmaliger Versuch der Natur ist, zu Mengen tot. Jeder Mensch ist aber nicht nur er selber, er ist auch der einmalige, ganz besondere, in jedem Fall wichtige und merkwürdige Punkt, wo die Erscheinungen der Welt sich kreuzen, nur einmal so und nie wieder." (H. Hesse, Vorwort zu *Demian*)

Ja, das meine auch ich zum Menschen, und wie können denn solche Millionen von Menschen nur eine Ideologie haben – um hier endlich vom Materiellen wegzukommen? Das ist Irrsinn und zeigt, daß die Weltanschauung nicht ihnen allen entspringt, nicht aller Wünsche trägt, sondern ihnen von einer Mehrheit oder Minderheit intoleranterweise übergestülpt wurde, mit mehr oder weniger Gewalt, und ich meine weiter, daß ein Staat um so besser ist, je mehr unterschiedlichen Menschen er Duldung und Gleichrangigkeit garantiert und je weniger er, laut Wilhelm v. Humboldt, spürbar ist. Da sind wir nun allerdings weiter als die DDR, und auf Deinen Einspruch, daß Pluralismus in Konfusion ende, kann ich nur um mich sehen und feststellen, daß fast alles freizügig und verwirrend ist, aber trotzdem funktioniert. Es ist Unsinn zu glauben, alle Arbeiter und Bauern seien eine Klasse, hätten einen Ideenschatz, dieselben Wünsche ans Leben, und noch mehr Unsinn ist es zu glauben, die Menschheit wiederum sei nur aus Arbeitern und Bauern zusammengesetzt. Hier liegt das Sandfundament des praktizierten Marxismus, der von der Einheitlichkeit menschlicher Regungen ausgeht und dann, logischerweise, alles für vernichtungswert hält, was für sich neben den Strom tritt.

Das ist Terror gegen die Vielfalt des Lebens und schon deswegen ein Verbrechen, weil der Marxismus, indem er den Menschen verbietet, friedlichen Ausgleich zu suchen, Andersdenkende aus dem Dasein wischen will. Das ist etwas Gemeinsames von Diktaturen.

Der DDR-Verteidigungsminister in Ost-Berlin in diesem Frühjahr: „Der Atomkrieg ist die gerechte Fortsetzung des Klassenkampfes.“ Das klingt nicht menschenfreundlich, und in diesem Fall danke ich für die Selbstschußapparate an Eurer Staatsgrenze, weil sie verhindern, daß solche Redner hier Fuß fassen. Wo ist denn da eine hohe Idee? Der kultivierte Mensch will keinen Kampf, sondern Verständigung, denn Verständigung ist anspruchsvoller und auch interessanter.

Ja, tatsächlich hat der Westen, die BRD, auch keine festumrissene hohe Idee zu bieten, die eine beeindruckende, feste Konsole für einen straffen, dynamisch erscheinenden Staat abgäbe ... denn die wichtigste Idee des fortgeschrittenen Westens ist eben die Freiheit der Ideen. Immer und immer wieder das gleiche: Alle Meinungen müssen leben und Stimmrecht besitzen, solange sie selbst die Meinungsfreiheit achten.

Damit will ich zu Ende kommen – und indem ich noch kurz frage, ob Du BRD-Zeitungen beziehen könntest; ich würde Dir dann gern ein Abonnement schenken, denn welche Informationen könnten schaden? Du bist doch fest im Sozialismus verwurzelt, wieso erlaubt man Dir nicht, mich zu besuchen – will man Dir wirklich nur Enttäuschung und Ekel ersparen, indem man Dich durch Minenfelder abschirmt? – Daß Du in Zittau warst, wußte ich gar nicht. Ich gebe heute noch einen Kurs in Altengymnastik und werde heute abend mit der Nichte des letzten Reichskolonialministers plaudern. Hier im Johanniterheim sind fast nur Adlige aus den ehemaligen Ostgebieten. Von ihren Besitzungen haben sie meistens noch ein Ölbild in ihren 20 Quadratmetern hängen. Die 80jährigen Adligen aus Schlesien nicken sich morgens zwei Mal zu, die ostpreußischen nur einmal. Ich muß zum Kniebeugen mit ihnen,

tschüs
Hans.

Die Emphase meiner Cousine, einen unglaublichen Anstieg der Kinder-Selbstmordrate im Westen zu diagnostizieren, meine Emphase, den bundesdeutschen Konsumrausch gegen die mißratene Weltrevolution auszuspielen, legten sich mit der Zeit. Der klassenkämpferische Elan meiner Cousine nahm während des Stresses ihres Hochbau-Studiums ab. Er wich noch entschiedener anderen Lebensgefühlen und Problemen des Alltags, als sie heiratete und Mutter wurde. Heute arbeitet sie, die dann doch nie Partei-Mitglied war, nicht mehr in Ost-, sondern in West-Berlin und schickt Karten aus dem Urlaub oder von Tagungen in Flandern, Mailand, Brünn. Das ist doch eine gute europäische Entwicklung ...

Nach den Menschen in Polen, in Ungarn gingen im Herbst 1989 auch in der DDR Zigtausende von Menschen auf die Straße, um gegen Willkürherrschaft und lebenslange Gängelung von Menschen des 20. Jahrhunderts zu protestieren.
Es vollzog sich eine großartige und die erste friedliche Revolution in Deutschland. Vom Westen aus schaute man mit Staunen, Bewunderung zu, mit welcher Zivilcourage und mit welch ruhigem Atem im Land nebenan ein ungeliebtes Joch abgeschüttelt wurde. Westdeutschland wurde zum Sofa, von dem aus einer Umwälzung hinter dem Eisernen

Vorhang zugeschaut werden konnte. Die Protestkundgebungen in Leipzig, Dresden, Schwerin ließen mit einem Mal Westdeutschland als den unbewegten Teil Deutschlands erscheinen. Es ereignete sich plötzlich *jenseits* der Elbe, daß Menschen die Autonomie ihrer Existenz, die Rechte ihrer Individualität einforderten. – Was den bereits länger und intensiver in gesamteuropäische Entwicklungen eingebundenen Westdeutschen an den östlichen Großkundgebungen erschrecken konnte, waren nationale Töne am Rande, Stimmen, die nicht nur ein einiges, sondern womöglich auch gestriges und mächtiges Deutschland forderten.

Es war unter den letzten Regierungen der mit ihrer Auflösung befaßten DDR, unter den seltsamen Staatsauflösungs-Staatsregierungen Modrow und de Maizière, daß ich meine ausklingenden DDR-Erlebnisse hatte.

Die Silvesternacht vom 31. Dezember 1989 zum 1. Januar 1990 in Berlin, am Brandenburger Tor, ist schwer zu beschreiben. Die Feuerwerksraketen auf der Straße des 17. Juni und Unter den Linden, also westlich und östlich der Mauer, in die bereits zwei Durchgänge gebrochen waren, wurden ab Einbruch der Dunkelheit gezündet. DDR-Bürger, Bundesbürger, ehemalige Berliner aus den USA, aus den Niederlanden, Ausländer waren von überall her angereist, um den ersten gemeinsamen Jahreswechsel zwischen der Philharmonie von Scharoun und der Lindenoper mitzuerleben. Unter den Hunderttausenden, die das schwer faßliche Erlebnis einer Festnacht nach dem Kalten Krieg, nach der Zerrissenheit Europas, nach dem Ende von Diktaturen beiwohnen wollten, waren eine Gruppe von Freunden und ich nicht die einzigen, die sich in der kalten Luft, zwischen umhergereichten Sekt- und Champagnerflaschen gegenseitig am Gürtel festhielten, um nicht bei einem plötzlichen Schub der Menschenmengen zu stürzen, niedergetrampelt zu werden.

Das angestrahlte Brandenburger Tor war von Leuten erklettert worden, die – noch höher hinauf – schließlich sogar die

Quadriga erklommen und dabei manchmal abzustürzen drohten. Vom Alexanderplatz bis zur Siegessäule war es ein Heranströmen von Menschen – von Mauerresten nur noch auf-, nicht mehr zurückgehalten –, welche die unerwartete, neue Bewegung in der Weltgeschichte in dieser Silvesternacht feiern wollten.

Über den Volkspolizisten, den Westberliner Polizisten, den Würstchenbuden, dem Stimmengewoge und zwischen geleerten Flaschen auf dem Asphalt ereignete sich plötzlich ein ungeplantes, inoffizielles Fahnen-Spiel auf dem Brandenburger Tor. Wo vierzig Jahre lang die Fahne der DDR, Hammer und Zirkel, geweht hatte, wurde im Scheinwerferlicht mit einem Mal eine andere Fahne gehißt. Sie war schwarzweißrot, ein übles Symbol, die Reichskriegsflagge, die irgendein Ewig-Gestriger mitgenommen haben mußte, und die nun von der Fahnenstange hinter der Quadriga Gottfried Schadows wehte.

Wer von unten den Vorgang beobachtete, mußte erschrekken. Ein paar applaudierten, als sie die Farben des alten Nationalismus sahen. Es dauerte nicht lange, bis das Emblem mit dem preußischen Adler von Tor-Erkletterern heruntergezogen wurde.

Die Fahnenstange über dem nächtlichen Berlin blieb eine Weile lang ohne Tuch. Vielleicht war es ein angereister Kanadier, der in luftiger Höhe als nächster die Initiative ergriff. Ganz überraschend fand jetzt die Lösung sämtlicher deutscher Probleme statt: Für einige Minuten wurde Deutschland ein neues Land, frei, zivil und in aller Welt geschätzt: Über dem Brandenburger Tor wehte etliche Minuten lang die Flagge Kanadas, mit schönem rotem Ahornblatt.

Der Streit der Besetzer des Brandenburger Tors um die passende Fahne, da dort offenbar eine Fahne sein sollte, die zwischen dem Gestern und der Zukunft wehen sollte, fand mit dem dritten Banner ein Ende.

Die Europa-Fahne wurde gehißt. Und die blaue Fahne mit gelben Sternen blieb dort wehen. Durch die beiden Öffnun-

gen in der Mauer, an tatenlosen Wachmannschaften vorbei, über Flaschen, Flaschensplitter, heruntergefallene, nasse Schals, an Fernsehkameras vorbei – welche die Silvesternacht nach Amerika, Japan übertrugen – preßten, schoben sich die Menschen vom ehemaligen Westteil der Stadt in den ehemaligen Ostteil, vom östlichen Pariser Platz aufs westliche Pflaster. Wagen von Bereitschaftspolizei und Volkspolizei blieben liegen; ihre Reifen platzten auf den Sektflaschen. Betrunkene, singende Gruppen strömten von Westen ein und nahmen, zusammen mit den Ost-Berlinern, Unter den Linden – Gehsteige und Fahrbahn – in Besitz.
Selten habe ich gespenstischere Momente erlebt:
Wer feierte in dieser Nacht, links und rechts der Prachtstraße in den Nobellokalen, die wohl letzte Silvesternacht der DDR? Die Schickeria hinter den Fenstern des *Operncafés*, des *Lindencorsos*, der anderen Edel-Etablissements konnte kaum westliche Hautevolee sein.
Feiernde von der Straße wollten in die teuren Ost-Lokale hinein. Von innen eilten Kellner herbei, um gegen den ungeheuren Druck von außen die Türen zuzustemmen. In den Restaurants und den Bars saßen die vornehm gekleideten Gäste nur noch starr an den Tischen, schauten nicht hinaus, schauten auf die Teller, von denen sie nicht mehr aßen.
Es war wohl wie am Vorabend der Französischen Revolution. Von der Straße aus erblickte man nämlich noch ein letztes Mal die Mächtigen, die Elite der DDR. Noch einmal hatten sie, wie immer, Silvester an den vornehmsten Orten der Republik feiern wollen. Nun saß die Upperclass hilflos da und starrte auf die Tische, in die Gläser.
Es war Epochenwechsel.